远山的呼唤

王重旭 著

辽宁人民出版社

© 王重旭 2025

图书在版编目（CIP）数据

远山的呼唤 / 王重旭著 . -- 沈阳 ：辽宁人民出版

社, 2025. 4. -- ISBN 978-7-205-11522-7

Ⅰ. I25

中国国家版本馆 CIP 数据核字第 2025ZR8959 号

出版发行：辽宁人民出版社

　　　　　地址：沈阳市和平区十一纬路 25 号　邮编：110003

　　　　　电话：024-23284325（邮　购）　024-23284300（发行部）

　　　　　http://www.lnpph.com.cn

印　　刷：辽宁新华印务有限公司

幅面尺寸：165mm×235mm

印　张：14

字　　数：174 千字

出版时间：2025 年 4 月第 1 版

印刷时间：2025 年 4 月第 1 次印刷

责任编辑：娄　瓴

装帧设计：丁末末

责任校对：吴艳杰

书　　号：ISBN 978-7-205-11522-7

定　　价：58.00 元

写在前面

在那片古老而神奇的辽东大地上，矗立着一座座巍峨挺拔的山峦，它们不仅是自然的杰作，更是无数人心中的信仰与归宿。

故事发生在本溪市桓仁满族自治县的摇钱树村，一位至今已经传承了五代的人参"老把头"，他的故事如同山间清泉，潺潺流淌，沁润着每一个聆听者的心灵。他对大山的爱，深沉而炽热，如同那深埋地下的人参，历经风雨，将根须深深地扎进大山的泥土之中，汲取着大地的营养，经历着别样的传奇。

他叫杨国孝，自幼生活在大山的怀抱中，对桓仁这片土地有着难以割舍的情感。他的童年，尽管生活艰辛，却是在山间追逐嬉戏、聆听鸟鸣虫唱中度过；他的青春，尽管社会流变，却是用汗水拌和着泥土，与大山一起见证着时代变迁。对他而言，大山不仅是生活的舞台，更是灵魂的栖息地。他与大山融为一体，成为大山不可分割的一部分。

他把自己的公司命名为"远山"，这个承载着厚重历史与梦想的名字，正是杨国孝对祖辈迁徙之路的深情回望，也是他对未来无限憧憬的寄托。他的祖辈从多灾多难的中原，带着对美好生活的向往，穿越重重山水，历经万苦千辛，来到遥远而神秘的辽东大山，在这片丰饶的土地上扎下了根。

作为杨家的子孙，杨国孝对这片土地有着难以割舍的深情。大山赋予了他生命，也赋予了他坚韧与智慧。在他的眼中，大山不仅是自然的馈赠，更是精神的灯塔，给予他信心与希望。

他深知，只有通过自己的努力，才能让家人过上更好的生活，才能让这片养育了他的大山焕发出新的生机。于是，他毅然地踏上了创业之路。

他深知，自己之所以能够取得今天的成就，离不开大山的滋养和山里人的支持。于是，他将造福乡亲、共同富裕作为自己的责任和使命。

杨国孝就像一位勇敢的"吃蟹人"，第一个走进大山，播下致富的种子。用摇钱树村村民的话说，杨国孝"把钱串子挂在树上"，召唤着那些生活在贫困与闭塞之中的山里人，带着他们走向大山深处。在他的带领和示范下，山里人不再畏惧艰难，不再满足于现状，他们开始用勤劳的双手，将梦想的种子播撒开去，在大山的怀抱中耕耘、收获。

因为人参，杨国孝富起来了，摇钱树村的村民富起来了，就连摇钱树村所在的二棚甸子镇也成了全国"一村一品"示范村镇。这就是榜样的力量，这就是带头人的作用——一个人带动了一个村，一个村带动了一个镇，一个镇带动了一个县。

曾经的卑微与贫穷逐渐远去，取而代之的是山里人脸上洋溢的自信与幸福。他们像那高高矗立的大山一样，挺起了腰身。他们活得舒舒服服，快快乐乐，坦坦荡荡。

杨国孝的故事感动了我，摇钱树村的昨天和今天激励了我。所以，我要把我看到的、听到的，以及所思、所想，用文字表达出来，献给读者。

目 录

摇钱树下祭山神

这一天，是中国的农历三月十六。

桓仁满族自治县二棚甸子镇四平中心村摇钱树村山参谷。一场庄严隆重的祭山活动即将开始。

祭山，是杨国孝一年中的头等大事。一连几天，杨国孝都在为祭山做着准备。

该买的祭品都已经准备齐全了，但杨国孝还是放心不下，临睡前又仔仔细细地清点一番。清早起来，杨国孝和媳妇曲冬梅、小舅子曲冬生早早就把这些祭品装上皮卡车，杨国孝亲自驾车，向二棚甸子镇摇钱树村山参谷驶去。

尽管一大早下了点雨，但参加祭山仪式的人们还是早早就来到山参谷的山神庙前，平时寂静的山参谷顿时热闹起来。

杀猪，是祭祀前最重要的一件事。

当主祭喊了一声"杀猪祛煞"时，众人立刻将早已准备好的黑毛猪按于案上，猪一边叫着一边挣扎，掌刀人一刀下去，猪片刻便没了气息。

这时，主祭面向山神庙大声说道："老把头，今天是你的生日，我们大伙儿来给你过生日啦！伤你的黑煞神已经伏诛，山里的野牲口不会再伤人了，进山安全了。"

掌刀人干净利落地割下猪头，放于事先准备好的一张小桌上，等祭祀开始后，再献祭于山神庙前的供桌正中。

祭山神是杨国孝一年中最庄重的日子，一切都由他亲自操作。他身穿蓝色大褂，头戴黑色礼帽，腰系红布条。只见他恭恭敬敬地在山神庙两侧的门框贴上对联，然后后退两步，看看贴得正不正。对联的上联是：庙小神通大，下联是：山高日月明。然后又上前贴上横批：把头赐福。

接着，杨国孝指挥大家摆好供桌，亲自在桌上铺上黄表纸，大家把祭品一样一样地递给他，他按照顺序一样一样地整齐摆好。这些祭品是：香炉一尊、檀香五束、馒头十个，分两垛摆开。然后拿出盘子，分别摆上炸鱼五条、山核桃五个、鸡蛋五个，另外还有水果等供品，接着将猪头放置供桌正中。

时辰已到，祭祀开始，全场肃穆。

这时，旁边有人将一只大红公鸡交给主祭，主祭杀之，并以鸡血淋庙，嘴里念道："驱虫辟邪，狐妖远遁。树上地下，消除鬼魂。隔山隔水，伙计同心。有福同享，有货共分。红冠归老把头啦！"言毕将鸡头割下摆于供桌。

接着，主祭高喊一声："跪！"参与祭山活动的众人应声跪地。

该给山神老把头送盘缠了。

主祭点燃黄表纸，待火旺起来后，参加祭山的众人，将各自带来的冥币投入火中，火苗瞬间蹿起，烧纸的味道伴着山谷里春的气息在空中盘旋着，飞出大山。

跪在地上的人们一边嗅着烧纸的味道，一边在心中默默祈愿。

杨国孝大声诵念祭文：

摇钱树下，癸卯暮春。草木萌芽，山花似锦。

水流跃动，山石又青。尊敬的山神，又临凡尘。

我们亲爱的把头呀！

至善至仁，至诚至真。义服天下，德隆望尊。

播种季节，土肥人勤。山参谷里，宝地献金。

山的儿女，瑞气盈门。山神生日，铭记在心。

把头嘱咐过我们呀！

宜和宜睦，宜美宜信。诚实为本，业精于勤。

把头荣光，覆盖山村。把头恩情，惠及乡亲。

把头仁德，激励我们。把头教诲，不忘初心。

请您护佑我们吧！

平安多财，福寿康宁。年丰民和，风调雨顺。

繁文缛节，难表我敬。牺牲果品，难言我心。

神龟虽寿，犹有竟时。把头精神，与山常存。

永远不会忘记您呀，我们的山神！

把头德广，永远继承。把头佳话，传于儿孙。

我等小民，受您之宠。结草衔环，永颂山恩。

诵毕，杨国孝说道："老把头，祈求您保佑我们的参园人财两旺，平平安安。天上飞的、地下走的、水里游的，你们陪伴老把头有功，今儿个都来一起吃吧！一起乐和乐和！"

此时烧纸与冥币已燃尽，杨国孝将鸡头倒入灰烬之中，说道："老把头，求您保佑啦！"遂率众叩拜山神："一拜，天地吉祥，风调雨顺；

二拜，山水泰和，如意顺心；三拜，靠山吃山，天眷穷人！"

拜叩礼毕，众人起身，点燃鞭炮，声响雷动，山谷震颤。

祭山仪式结束，众人席地而坐，分享贡品，一位在旗的满族老人敲起太平鼓，跳起烧当舞，唱道："老把头有灵，助我跋山涉水；老把头显圣，赐我棒槌……棒槌娃娃别躲，你一枝三丫；棒槌娃娃别怕，你跟我回家；棒槌娃娃真美，你头顶红霞……"

烧当舞，就是满族的"萨满舞"。老年人说，跳起这种舞，世间的人就可以与先人相聚了，就可以与思念的人诉说了。祭山的时候跳起这种舞，山神老把头就会显灵，就会为你指路，就会为你遮风挡雨，保你平安，挖到大棒槌。

杨国孝望着山神庙，面露笑容，心想，今年又是一个好兆头！

第一章

毓秀之地

桓仁的一位朋友告诉我，祭山活动在桓仁很盛行，最早源于放山人。他们每年进山的第一件事，就是砌庙祭山。在他们眼里，大山就是神，他们祖祖辈辈靠山吃山，全赖大山的馈赠。所以他们既要向大山表示敬畏和感恩，又要祈愿山神保佑赐福，风调雨顺，同时向山神保证要相互帮助，诚实守信，不能见利忘义。所以每年农历三月十六这一天，桓仁的养参人，都要举行祭山仪式，相当隆重。

他说，在桓仁祭山活动中，最著名的就数杨国孝了。他是辽宁省非物质文化遗产祭山习俗的第五代传承人，继承家族传承百年的祭山习俗，已经形成了一套完整的祭山仪式。

不仅如此，杨国孝通过种植林下参，不仅改变了自己的命运，也带动了摇钱树村村民走上致富之路。

听了朋友的介绍，我在手机上搜索有关杨国孝的报道，其中《中国日报》2023年10月24日的一篇报道《摇钱树村在绿水青山中找到摇钱树》引起我的兴趣。报道这样写道：

摇钱树村，位于辽宁省本溪市桓仁满族自治县二棚甸子镇。在杨国孝的带领下，当地村民发挥优质自然资源优势，把绿水青山变成共同富裕的摇钱树。

摇钱树村拥有得天独厚的土壤和气候条件，适宜野山参生长。杨国孝在村里无私地和村民们分享野山参种植技术，并组织他们一起参与种植。

在政府支持下，杨国孝成功引进了现代化的山参种植技术和设施，提高了野山参的产量和质量。他还积极寻找销售渠道，将野山参与当地的旅游产业相结合，吸引了大批游客前来体验野山参的独特魅力。

"我想利用我们的自然资源，让村里的人们都能过上好日子。"杨国孝表示。他的努力没有白费，不仅带动了摇钱树村的农民增收，还为乡村旅游业注入了新的活力。

这篇报道篇幅不长，但是信息含量却极大。

《中国日报》的报道，让我对杨国孝敬佩不已。我想看一看，杨国孝是怎样带领当地村民在绿水青山中栽下共同富裕的摇钱树的，摇钱树村的老百姓究竟过上了怎样的富裕日子。

我决定到桓仁走一趟。

坐上火车去桓仁

2023年春天，通过朋友，我联系上了杨国孝，但他出门在外，一直很忙。直到深秋，我俩才约上，约好我坐火车去桓仁，他到火车站接我。

一转眼，桓仁通火车已经四年多了。这条铁路的开通，不仅实现了桓仁老百姓几十年来"火车通到家门口"的心愿，也实现了本溪人坐火车去桓仁的期盼。而且这条铁路沿途风光优美，人们可以悠闲地坐在火车里欣赏风景。所以，这趟火车一开通，便有好多人抢着买首发车票，坐上火车去桓仁。

我也一直想坐这趟火车，品品这慢车旅游的滋味，可是一直没有成行。其实人如果有什么愿望，只要心中长存念想，这事十有八九能成。

我买的是10月26日早晨7点47分的车票，从沈阳站出发。

平常起床晚，一下子要起来这么早，有些不习惯。所以天还没亮就醒了，越不敢睡偏偏就又睡过去。猛然醒后，发现时间来不及了。顾不上吃饭，背上包，跑出小区打车。好在那天路上没多少车，不到半个小时就到了沈阳站，结果在火车站候车室足足等了四十分钟。

坐车的人还算不少，大部分旅客都到本溪，图的是票价便宜，宁可起早，宁可在路上多耽搁些时间，也要省下这十几元钱。原以为只有老年人才节省，其实不少年轻人也坐这趟车。

原本这趟车是从山海关至桓仁的，可能因为过了旅游旺季，改为从沈阳至桓仁。虽为慢车，但中间停靠的车站并不多，苏家屯、本溪、小市、八里甸子、五女山。五女山就是桓仁，共计五站，运行五个多小时。其间在本溪停留的时间最长，达四十分钟，这四十分钟是很难熬的。我有个体会，坐车不怕慢，只要往前走，就有好心情。但是一旦停下来，人便难免烦躁。好在有手机，翻翻看看，四十分钟很快就过去了。

说起这条铁路，无论是本溪人还是桓仁人，都有很多话要说。它的建设时间跨度有一百多年，真可谓百年沧桑之路。早在1913年就由中日合办，名为溪田铁路，直到1939年才铺设至田师府，全长八十六公里。1943年日本侵略者实施"东边道纵贯铁道计划"，准备修田师府至通化段铁路，勘测设计已经完成，大部分路基以及部分桥梁、涵洞也已经修好，1945年日本战败投降，铁路停建。1958年国家开始恢复建设，1960年，达到铺轨要求，被一场洪水冲毁大部分路基、涵洞、桥梁、防护工程，1961年，因国民经济调整停建。直到五十年后的2010年，这条铁路的修建终于提上日程，于2013年4月开工建设，2017年通车。

在车上，我碰到一个曾在桓仁下乡的本溪知青，当年风华正茂的青春少年，现在已是发白如霜的老人。他说，这趟火车真好，当年下乡的时候，从本溪坐火车到南甸，下火车急忙跑去坐汽车，人挤得要死，过一个大岭的时候，汽车差点翻山沟里。好不容易到了桓仁，下车后天就快黑了，几个同学一起往大山里走，越走越冷，越走越怕，真的恨不得坐地上大哭一场。

他望着窗外的风景，说，那时候桓仁的枫叶其实也很美，可是人没有个好心情时，就不知道什么叫美，更不要谈欣赏美了。人就是这样，经济发展了，有闲钱了，有休闲的时间了，才能发现美，欣赏美。

这位老人越说越高兴。他说："后来我考上大学，上美学课的时候，大家讨论美是客观的还是主观的。有人说美是客观的，不管你欣不欣赏，美都在那里；有同学认为美是主观的，只有当你去欣赏的时候，美才存在。当时我们都认为'美是主观的'那个同学思想偏了，陷入了唯心主义的泥淖。可是现在明白了，美和幸福一样，它是主观的，是人的一种感觉，是人对客观事物的主观评价，你感觉到了美，美才存在，你感觉不到美，美就不存在。你喜欢它，它就美；你讨厌它，它就不美。就这么简单的问题，我过了这么多年才搞清楚。"

十月初的东北，天高云淡，风清日朗，不用穿太多的衣服就可以出门。如果出去旅游的话，稍微多穿一点就可以了，中午时还会有一点热的感觉。可是一到十月底，天气骤变，冷风袭来，冷雨夹着细雪，那叫一个冷。特别是早晚最冷的时候，有的地方还会结冰。记得二十世纪八十年代，每到十月底，秋风扫落叶，雪花透心凉，老百姓成群结队，往家里运大白菜，冻得直哆嗦啊！即便待在办公室里，暖气没来，凉飕飕的，根本坐不住。但是一过十一月，一切就都会好起来，家里有了暖气，外出穿上大衣、羽绒服，全无寒意。

在沈阳火车站的候车室里，好多人都已经穿上了薄棉衣。而我由于走得匆忙，准备多带的一件外套竟然也忘了。城市里都已经这个温度了，那桓仁恐怕就更冷了。如果再去山里，气温会更低，挺得住吗？我有些担心，怎么办？想想，如果太冷，那就在桓仁买一件，或者住下后让家里寄件棉衣过来，反正现在快递也很方便。

可是列车开动之后，并没有想象的那么冷，窗外的阳光照进车厢，身上暖洋洋的，丝毫没有冷的感觉。

到本溪站，上来一群大概是老年模特队的，每人一件绛红色的大衣，拉着一个旅行箱，头发盘起，腰身挺拔，远看还以为是空姐。她们说说笑笑，把旅行箱放到行李架上，摆放得整整齐齐。仔细看去，年龄大一点的有将近七十岁，年龄小的也有近六十岁。

车厢里还有一个旅游团，每人戴了一顶印有某旅行社字样的帽子，导游是个大男孩，娃娃脸，戴个眼镜，说话声音不大，很斯文。他带的这个团人不算多，我数了一下，大概有十多个人，来自全国各地。有游客问导游老家是哪里的，导游说是本溪市的。

一路上，导游热情地向大家介绍桓仁的情况。

导游虽然不是桓仁人，但对桓仁的历史人文、风景名胜、地理气候、特产小吃、抗联故事、民间传说等，了解详尽，有问必答，张口就来，如数家珍。我想大概是来桓仁的次数多了，或者是做足了功课。

有游客问他："桓仁生产的葡萄酒为什么叫冰酒？"

小伙子说："这个，我还真了解。冰酒的制作工艺很复杂，一时半会儿也说不清，说清了你也听不懂。这么说吧，葡萄酒是用什么酿制的？用葡萄。葡萄秋天成熟了，摘下来运到酿酒厂制作葡萄酒。冰酒用什么酿制的？也是葡萄。都是葡萄酿制的，那为什么有的叫葡萄酒有的叫冰葡萄酒呢？咱就别卖关子了，简单地说，都是葡萄，酿葡萄酒的葡萄成熟了就摘下来，送到酿酒厂，就酿成了葡萄酒。而酿冰葡萄酒的葡萄熟了，不摘，还在架子上挂着，让风吹日晒，让冰雪冻着。这些经过冰冻霜打的葡萄就更甜了，因为水分减少糖分增加，所以酿出的冰酒就更甜了。其实，葡萄还是那个葡萄。春节的时候，家人聚会，打开两瓶，喝起来那可真是甜而不腻、酸爽清冽、甘美香醇。"

有游客笑着问："春节喝，平时不可以喝吗？"

小伙子乐了："当然，只要你舍得钱。不过虽然贵点，大家还可以买一点回去送给朋友。"

有人问："冰葡萄的产地在哪里？"

小伙子说："主要在桓仁县北甸子乡长春沟，有机会你们可以去看看，最好是冬天，几万亩葡萄被白雪覆盖，真是千里冰封，蔚为壮观。"

有人问："听说桓仁这个地方产人参？"

小伙子一下子来了精神，"说起人参，这个我就更了解了。桓仁现在的人参和过去的不一样，过去是在园子里种的，三五年或五六年就拿到市场上卖了，那个不行。现在桓仁的人参和野山参差不多，叫林下参，一般都在十五年以上，你说能不贵吗？我上次带了一个团，有一个游客买了一棵二十年的林下参，花了八千元。还有一个游客买了一瓶十五年的人参粉，一小瓶，三十克重，你知道多少钱？将近三千元。也就是说，一百元两个人能上饭店吃挺好，买人参粉只能买一克。桓仁有一个村子叫摇钱树村，那里的村民如果家里没有个几百万的存款都让人家笑话。"

有不了解人参的游客问："人参有什么作用呀？"

导游说："有病治病，没病大补。别的不说，就说这几年疫情，一连几波，有谁没摊上？得上了发高烧，没有一个星期好不了。你看人家摇钱树村的老百姓，疫情来了，没事，个别有被传染的，也是轻症，顶多一两天就过去了。好多人还没尝过新冠啥滋味，疫情就过去了。还有那里的老年人，六七十岁，身体倍儿棒，满山跑，像小伙子，头上甚至连根白头发都找不到。为什么？那地方不仅山好水好空气好，还有老人参。家家户户平常喝人参酒，春天吃没有污染的山野菜，夏天吃浑江里的大鲤鱼，秋天吃山里的林蛙，平时笨鸡蛋、笨鸭蛋、笨猪肉吃不完地吃。没事开着车，进自家山里溜达溜达，个个都成了'活神仙'。"

他说的摇钱树村，就是我要采访的主人公杨国孝所在的地方，我真有点急于想看到他。

慢车的好处就是，你可以看到很多平时看不到的风景。高铁速度太快，窗外的景色一扫而过，你不能过多地向外面张望，会有视觉疲劳。而这趟观光旅游专列则不然，车速刚好让你能看清窗外的景色。只要没有急事，你就慢慢地看，细细地赏，像喝一杯红酒，不，像喝一杯冰酒，慢慢地喝，细细地品。如果像喝白酒那样，一饮而尽，就太没有情调了。

有游客让导游介绍一下桓仁的人文历史、自然风光，于是小伙子便发挥长项，侃侃而谈。什么西汉设制、高句丽建城、满族崛起、百年封禁、浑江航运、国歌诞生、抗联密营……讲得游客如醉如痴；什么五女山、望天洞、桓龙湖、虎谷峡、佛顶山、枫林谷、天后宫……讲得游客心驰神往。

导游说："桓仁，这片古老而神奇的土地，拥有丰富的历史文化底蕴和自然景观。每一处都蕴含着令人叹为观止的美景和令人动容的故事。它是一块居住了多个民族的宝地，是各民族文化交流融合的见证。

在这里，您不仅能够领略到山川秀丽的自然景观，还能体验到多元文化的独特魅力。"

这段大概就是导游词上的书面语了，不过经他一说，倒也不觉得做作。我虽然去过桓仁很多次，但是也很喜欢听他的讲解，因为加深了我对桓仁的了解。

导游见大家听得饶有兴趣，便越发来了精神。他说："桓仁这个小县城，就像白居易在《长恨歌》中说的那样，'杨家有女初长成，藏在深闺人不识'。它还没长大，所以名气不大，但却美得'天生丽质难自弃，一朝选在君王侧。回眸一笑百媚生，六宫粉黛无颜色'。你到桓仁来一次，就会梦魂牵绕，难以忘怀。'春宵苦短日高起，从此君王不早朝'，回到家后，你班都不想上了，就想再来桓仁玩。有人说，他走过祖国大江南北，看过风景名胜无数。我说他看得再多没用，只要来过桓仁，他就会'后宫佳丽三千人，三千宠爱在一身'，除了桓仁，哪都不爱了，哪都不想去了，就稀罕桓仁。"

大家笑着说："小伙子你可真有文化。"

我问他是哪个大学毕业的，他说是辽宁大学。我问什么专业，他说是中文。我问怎么当上导游了，他说现在还没有工作，临时干着玩玩。我问以后有什么想法，他说想考公务员。

我问："考了吗?"

他说："考三次了，每次都差那么一点点。"

我问："还想考吗?"

他蛮有信心地说："考啊，我妈都泄气了，可我总觉得我肯定能考上。"

突然他问我："你说我能考上不?"

我笑了，说："你一定能考上。"

他也笑了，说："我对象也这么说。"

独有的音节与色调

从地图上看，长白山山脉的走向是由东北偏向西南，一直延伸到千山山脉，由崇山峻岭一点一点化为山岗丘陵。桓仁就坐落在这大山之中，北连通化，东接集安，南临宽甸，西依新宾。大山的阻隔和浑江流域的关系，以及地域建制的历史因素，使得桓仁在生活习俗和经济活动中，与通化和集安联系得更紧密一些，更具有长白山地理环境，以及地域文化的延伸性和连续性。

从浑江流域看，浑江发源于吉林省白山市，流经通化，进入桓仁，然后从宽甸和集安的交界处汇入鸭绿江。全长四百四十七公里，流经桓仁境内达十个乡镇，其中有北甸子、四平、二棚甸子、桓仁镇、六河、雅河、向阳、沙尖子、五里甸子等，长达一百六十公里。在清末民初交通尚不发达时，浑江航运是通化和桓仁物流的主要通道。

从地域管辖角度看，在清末桓仁置县时，通化的集安有一部分属桓仁管辖，后集安建县时才从桓仁划出。桓仁设县始于1877年（光绪三年），1902年（光绪二十八年）辑安（今集安）设县，从桓仁东部十个保中划出冲和、融和、蕴和、致和、祥和五保归辑安县，今集安市城区及好太王碑所在地包含其中。2004年，桓仁五女山山城与集安市的高句丽遗迹一起被列入《世界遗产名录》，可见桓仁和集安在历史文化渊源上，还是有密切关联的。

桓仁是小县，人口还不到三十万，和南方动辄一二百万的县相比，实在是个"小弟弟"。但是正因其小，所以才幽静，才闲适。这里要历史有历史，要风光有风光，要美食有美食。

论历史，我手头有一套关于桓仁的历史文化丛书，一共有四册，包括《高句丽发祥圣地》《清王朝肇兴之地》《中国易学标本地》《国歌原创素材地》。翻阅一下，你会倍感惊喜，这样一个安安静静的深山小县，竟有这么多的历史变幻，这么多的刀光剑影，这么多的慷慨悲歌。

论风光，桓仁有五女山，那是高句丽王城，两千多年的历史，荣登《世界遗产名录》。站在五女山点将台之上，俯瞰桓龙湖，远眺八卦城，历史沧桑，时代风云，让人不禁感慨万千；望天洞，那里的钟乳石姿态各异，变化万千，如迷宫，如仙境；枫林谷，红枫如火，万山红遍，瞬间便会点燃你的激情；大雅河，激流勇进，群峰竞秀，美景如画，漂流其上，乐趣无穷……

我特别喜欢读那些描写本溪山水尤其是桓仁山水的文学作品。这些年，来桓仁的文人雅士不计其数，记述桓仁风光的作品更是数不胜数。在我读过的那些作品中，我尤其喜欢两篇。

一篇是青岛女作家阿占以感性笔调描写的桓仁，她写道：

> 山体雌雄同生。一行行一趟趟，从低矮到高耸，皆因树的重叠而郁勃。红枫，黄枫，柞树，桦树，小叶杨，核桃楸子，落叶松，马尾松，侧柏，栓皮栎……根系植于峭壁，箍紧那些不为人知的坚硬秘密，叶子却飘扬在明亮里，以季节的名义向人类致意。寒露之后霜降之前，叶子的落落风舞无从消解，愈演愈烈，红色醺醉，赭色敦厚，至于那些昂举起来的金灿，正驰荡在金风中，如身披金色铠甲的武士，点兵，成阵。以至于，在辽东桓仁山中，我望到的世界就是全部的世界。无所谓枫林谷、五女山还是冰壶沟，无所谓具体的指向和位置，只要

在桓仁，每一次的转身，抬头，嗟叹，都是凭借十足的惊艳。桓仁——桓，威武的样子；仁，仁爱的精神。"外桓内仁"，这一种相对自我的解读方式，也完全来自惊艳之后所升起的深情。车行桓仁，就是行走在长白山余脉和浑江水系的唱和对答之间。当情志与大地平行，生命的状态更加虚实相依，坚软有度，迎送成序，取舍合则。……

另一篇是沈阳作家高海涛以理性笔调述说的桓仁，他写道：

从前有个叫形而的人，他上山就是形而上，他下山就是形而下——忘了是谁，何年何地，曾说过如此貌似高级而有趣的话。

而这次登五女山，却发现恰恰相反，上山时，山是形而下的，蜻蜓偷眼，石阶如线；下山时，山是形而上的，雄鹰俯掠，草木含噢。并且山中无寺，却时有钟音。离山越远，这种印象越清晰。就觉得真是，形而上下五女山啊。

真的，西谚说：人创造了城市，神创造了乡村——但有时候，神也可能以其非凡的灵感，特殊地创造一个县份。桓仁就是这样的地方，确可谓天地灵秀，独钟于此。而这样的地方，如果让我在中国找一个最好的例子，我想那就应该是桓仁。

"一年四季，"梭罗说，"是由许多成序列的感动和思念构成的，而这些在大自然那里都有独特的语言标记。"他相信，世界上许多地方之所以令人难忘，就是因为一年的每个季节，都能在那里的风景中找到独特的语言标记，比如他的家乡康科德就是这样的地方。

而这样的地方，如果让我在中国找一个最好的例子，我想那就应该是桓仁。按我们中国的历法，不仅春夏秋冬，甚至每一个节气，都会在桓仁的山水田园草木中，找到其独有的音节和色调。

这两位作家独特的思维角度和既浪漫又理性的笔触，为我们勾勒出一个既是我们看到的又是我们想不到的桓仁。

坐在沈阳开往桓仁的这趟旅游列车上，望着窗外慢悠悠后退的远山，听着列车车轮敲击铁轨的慢板，我突然想起第一次读到木心的《从前慢》那首诗，曾在心底蓦然生起一股莫名其妙的惆怅，也许是因为木心诗中所描写的那种唯美的生活节奏在现实中已经荡然无存吧。不过，这次桓仁之行，我希望能找到。

从前慢

记得早先少年时
大家诚诚恳恳
说一句是一句
清早上火车站
长街黑暗无行人
卖豆浆的小店冒着热气
从前的日色变得慢
车，马，邮件都慢
一生只够爱一个人
……

第二章

别有洞天

村里有棵摇钱树

火车快到桓仁五女山火车站的时候，杨国孝给我发来一个微信："出站口，右手，车号336。"我立刻回复："收到，谢谢！"

火车站紧贴着半山腰，辽宁的几处高铁站都是这样设计的，站台在山腰，候车室在山根，然后是一个大广场。这样既不占地，也方便出行，这就是辽东的山区特色。下车后，人流拥挤，尽管已经过了旅游旺季，来桓仁旅游的人还是不少。

出车站检票口，杨国孝向我招手，尽管第一次见面，却像多年的老朋友。杨国孝中等偏上的身高，微胖，面色红润，给我的第一印象是人很憨厚。旁边是他的妻弟，叫曲冬生，微笑着，接过我的背包，他给杨国孝开车。

车出火车站，过浑江，转进东北参茸城，便到了他的公司，公司的牌子上写的是"远山生物科技有限公司"。办公室的房间有二十平方米左右，摆放着桌子、沙发、电脑和产品样品。一位年轻女子坐在那儿，见我进来，忙起身，笑着说："是王老师吧，欢迎欢迎。"

女子说话声音很好听，有浓浓的桓仁口音，一米六五左右的身高，一双眼睛笑起来弯弯的。

我以为是公司外聘的秘书或销售经理，没想到杨国孝介绍说："这是我媳妇。"

杨国孝指着沙发说："王老师坐。这些天一直在山上忙，现在正是栽种林下参的季节，每天都在山上领着人干活儿。"

我问："还需要多长时间能完工？"

杨国孝说："大致还需要一周左右的时间吧。"

我说："来得真不巧，正是你最忙的时候。"

杨国孝说："没关系，没关系。你能来采访，我非常高兴。走，咱们先吃饭去吧。"

吃过午饭，杨国孝说："王老师，我还是先安排你住下吧。"

我说："还是和你们一起去山上吧。我想实地看一看，体验体验。"

杨国孝说："也好，那这样，你坐我小舅子的车，不着急，慢点开。我和我媳妇坐车先走，山上干活儿的人三点下山，我得去接他们。"

我说："好，我们山上见。"

杨国孝和媳妇上了皮卡车，一溜烟儿开走了。

曲冬生解释说："这些天他们正忙着，山上干活儿的人三点就结束，他必须到山上接那些干活儿的人。走，咱们也上车吧。"

车从桓仁镇出来，沿滨江大街向南，过凤鸣山隧道，沿凤柞线一路向东，进入桓龙湖区，蜿蜒前行。此时车行在山上，湖水在脚下，湖面如镜，波澜不惊。远处山峦叠嶂，绿松黄柞，黛岑含烟。我不禁想起唐代诗人刘禹锡的那首《望洞庭》：

湖光秋月两相和，

潭面无风镜未磨。

遥望洞庭山水翠，

白银盘里一青螺。

如果把"洞庭"两字换成"桓龙"，也十分贴切。真是天下美景，多有相似之处啊！

过桓龙湖，汽车在山间的公路上飞驰。路边的玉米已经收割完毕，玉米秆码起，一堆一堆地竖在那里。远处的山上是一片柞树，山顶上的柞树齐刷刷矗立，像现在年轻人的寸头，虽然已是深秋，但依然能感受到大山身上那种蓄势待发的倔强和活力。

曲冬生告诉我说："我姐夫的林下参基地在摇钱树村，离县城不到五十公里，属二棚甸子镇。"

我说："摇钱树这个村名起得真好，不富都对不起这个名字。"

曲冬生说："是啊，我拉过不少南方来的客人，他们都对这个名字感兴趣。家有摇钱树，不干都能富。"

我问："这个名字怎么来的？有什么故事吗？"

曲冬生说："听我姐夫讲过，他也是从村民那儿听来的。"

我说："你讲给我听听。"

曲冬生想了想，讲道："我听到的是两个版本，当地人都说是真事。"

说是桓仁原是清廷的封禁地，好多地方都是无人区，土地荒芜，野兽横行。摇钱树这个地方山高林密，更是人烟稀少。有一年春天，大概是谷雨过后，一位木工出身的山东汉子，名叫张来顺，会些武术，懂些天文地理，带着妻儿，从山东即墨闯关东来到桓仁。他们来到沙尖子办理了相关手续，又置办了农具种子，备足了粮米油盐和四季衣被。经人指点，经影壁山，到杉松背开荒种地。走着走着，路遇一棵百年大榆树，便想把家安在这棵大榆树附近，这棵大榆树正好可以用来建房子。

第二天，张来顺手持利斧来到大榆树下，左看看，右瞧瞧。这棵大榆树树冠如塔，刚刚发出的嫩叶，娇嫩柔软。张来顺围着大树转了几圈后，便举起斧子砍下去，想不到大榆树竟流出血来。那血鲜红鲜红的，把不远处的小溪都染成了红色。张来顺大惊，他知道这是一棵神树，立刻取来红布将伤口缠上，然后扑通一声跪在地上，连连磕头说："小民无知，冒犯神树，恕罪恕罪。"

这时也有路过的垦荒人，见张来顺红布缠树，跪地磕头，便有样学样，也取出红布缠于树上，跪地磕头，祈愿五谷丰登，家人平安。后来越来越多的人前来叩拜神树，树干缠满了，就把红布挂到树枝上，还摆上了供品。再后来，神树的名声越传越远，方圆几十里的人都来叩拜。

桓仁建县后，官府普查户籍和确认地名，派人来到杉松背，见到这棵缠满红布的大榆树，又见树下摆有供桌和供品，便向村民打听，当地人便把当年张来顺的故事讲给他听。官府的人听后颇感神奇。此时正是榆树种子成熟季节，风一吹来，树动枝摇，榆树钱儿纷纷飘落。那榆树的种子像老百姓使用的铜钱一样。官府的人便对当地百姓说："这棵大榆树是棵神树，它结的树籽叫榆树钱儿。尤其是春季青黄不接的时候，榆树的叶子可以果腹。从此以后，这棵大树就叫摇钱树，你们这地方，就叫摇钱树村吧。"

之后，摇钱树村就上了官府的花名册，一直延续至今。

还有一种说法，说张来顺来到杉松背，看到一棵百年的大榆树，走近一看，见这棵树上挂了很多铜钱。他想，可能是有先到此地的人把铜钱挂在树上，以示他准备在这个地方垦荒，于是张来顺便另寻落脚地。可是过了半年时间，张来顺再次路过此地，发现树上的铜钱还在，便想，这人肯定不在人世了，闯关东死在路上和进山遇险的人，实在太多，想想自己九死一生从山东来到桓仁，不禁落下泪来。于是他从家里取来一个坛子，准备把这铜钱装进去。他轻摇树干，那串铜钱便落了下来。可是再看，上面还有铜钱，再摇，还有。他不敢再摇了，只把落下来的铜钱装坛埋在树下，然后焚香磕头。后来官府勘察此地时，张来顺把大榆树上发现铜钱的事讲给官府的人听，官府的人惊讶道："这就是传说中的摇钱树，有缘的人才看得见。"于是就将此树命名为"摇钱树"，将此村命名为"摇钱树村"。

听罢，我对曲冬生说："这故事挺有趣。"

曲冬生说："是啊，前几年摇钱树村还在沟里建了一座摇钱寺呢。"

我说："方便的话带我去看看。"

曲冬生说："好，正好顺路。"

我说："摇钱树是中国古代神话中的宝树，寄托了老百姓发财致富的美好愿望。老百姓的故事中有摇钱树，出土的青铜器中也有不少摇钱树。它的造型很有趣，很奇特。尤其是四川三星堆出土的摇钱树，更是想象神奇，令人叹为观止。"

曲冬生说："我觉得中国的摇钱树比西方的圣诞树好多了，西方的圣诞树不过是在圣诞节的那一晚上，由圣诞老人给小孩子发一点小小的礼物而已，那个礼物改变不了穷孩子的命运，更改变不了穷苦人家的生活。而我们的摇钱树则不同，它可以让你真正富裕起来，让你改变命运。所以，同样是树，你问问摇钱树的村民，他们喜欢圣诞树还是喜欢摇钱树。毫无疑问，肯定是摇钱树啊！"

"是啊，"我不禁感慨道，"看这高高的群山，看这片片的树木，这树生生不息，这地取之不尽，摇钱树村的村民真是有福了。"

很快到了摇钱寺。

摇钱寺静卧在群山环抱之中，黄色的门楼，赭红色的大门，门上有金黄的门钉。寺庙干净整洁，门前一条清澈的小河，静静地流淌。上游河边的山坡上修了一座亭子，近看是龙王殿，龙王塑像端坐其中。仿木的水泥长桥横跨小河，河边有仿木桌凳。夏天这里的游客一定不会少，点上炭火，三五人，席地而坐，吃烧烤，喝啤酒，绿水青山，白云蓝天，清风徐来，非常惬意。

"摇钱树，聚宝盆，日落黄金夜装银。"这首民谣从古流传至今，可见世人对摇钱树的钟爱。其实摇钱树这个名字本身就有足够的吸引力，谁不想图个吉利，进得摇钱寺来，燃几支香，磕几个头，恭喜发财，做个美梦呢。

夜宿山参谷

在去山参谷的路上，车越往前开，"人参小镇"的氛围便越发浓厚起来。

"中国野山参特色小镇欢迎您""全国'一村一品'示范村镇""辽宁特产山参之乡""上海市药材有限公司神象野山参基地"等牌匾不断映入眼帘。

车进四平中心村村口时，就见一个大门楼，上书"中国山参之乡"六个大字，而旁边的山壁上，则塑了一个巨大的乳白色的人参，栩栩如生。还有一个横门标牌迎面而来"热烈欢迎海内外嘉宾莅临中国野山参特色小镇"。从这个标牌可以断定，这里经常有海内外宾客参观考察。

很快，看到一个写着"山参谷"的指示标牌。我说："终于到了。"

曲冬生告诉我，这个沟就是山参谷，姐夫杨国孝的山参基地就在里面。

沟谷两侧山高林密，路是沥青路面，不宽，紧紧巴巴能错开两台汽车。沟口有几户人家，门口没有看到人，也没有狗吠声，很安静，一群鸡鸭在路边晃来晃去。过了人家，路渐渐有了坡度，汽车蜿蜒前行。

从桓仁县城到杨国孝的山参谷，有五十多公里，下车时已经快到三点了，杨国孝不在，他上山接干活儿的人去了。杨国孝的媳妇曲冬梅迎出门，连忙招呼我："王老师，快进屋歇歇。"

她把我让进靠山墙的屋里，对我说："路上累了吧，晚上你就住这儿。我让他们把炕烧热热的，睡觉可舒服了。"

我说："不累，你们先忙着。这里环境不错，我出去转转。"

方才汽车进山的时候速度较快，外面的景色看得不够仔细。我想再感受一下，便出了寨门，重新再走一遍。

进寨子的路在一片落叶松林处拐了个弯，弯处的林边建了一座精致的山神庙。庙没有门，从敞开的拱形门可以看到里面的两尊神像。山神庙正对的是一个高大的寨门，造型像古时候的山寨，寨门上有一副木刻对联，上联是"圣山圣水摇钱树"，下联是"天康天健老人参"。路的两边挂着灯笼、彩旗、宣传画，上面印的是有关部门发给的证书，有放山的宣传图画。再前行便是在山坡上平整出来的一大块平地，平地上盖了一栋房子，有不到十间，完全是老屋的建筑风格。屋檐下挂着一排红灯笼，灯笼上面印着"桓仁堂"三个字。房屋的外墙是松木树皮做成的，很有乡村别墅的味道。房子背靠着大山，山上多是柞树和松树。房后身是劈好的大柴，堆放得整整齐齐，一看就知道干活儿的人既勤快又细心。

屋子的斜对面是一块菜地，经霜后的黄瓜秧、辣椒秧叶子低垂。辣椒秧上面仍有没有摘下来的辣椒，有的变得通红，有的依然翠绿。屋子的对面是一个大大的院子，院子侧面有一个看台，估计是为旅游的人开会或演出准备的。舞台的对面是一个亭子，亭子顶部全是用松树的原木支撑起来，以茅草为盖。下面放着几张大饭桌，可供四五十人在这里面共同进餐。亭子的左侧是一个特大的黑色酒瓮，高高地矗立在一个树墩上面，瓮口包着黄布，很显眼，一下子让这个寂静的山庄有了生气。酒瓮的背后是一条深涧，一条河坝拦成一个水塘，流出的水形成一个小小的瀑布，传出哗哗的声响。

我拾阶而下，见水塘的坝墙上写着两幅大字，很有诗意。一个是"山谷无墨千年画，溪流无弦万古琴"，另一个则是对面墙上的"天地灵气，日月精华"。水塘对面的山坡上是一片松林，翠绿翠绿，阳光下绿得发亮。在深秋叶落一片枯黄的山谷里，这片松树犹显生机。

山里无风，午后的阳光照在身上暖洋洋的。看来我的担心多余了，山上并没有感觉到冷，倒是空气非常新鲜。我忍不住伸几下懒腰，做几个深呼吸。

趁杨国孝还没回来，我想看看路两边的宣传画上都是些什么内容。

最先吸引我的是《放山习俗图》，这些画的风格就像过去的小人书，全部是用中国画的白描手法，很生动，很传神，下面还配有诗歌：

其一　拉帮队

夏至把头再拉帮，精挑细选暗忖量。

眼疾腿快人忠厚，煮饭架棚有所长。

少语少言有见地，旺财旺命不刑伤。

古来大事重谋划，慧眼识人最为强。

画面是把头在物色人选，就像现在的入职面试一般。放山拉帮就是选人组成一个团队，要选择忠厚老实，而且长眼神又勤快的人。如果选人不慎，荒山野岭之中，就会生出很多麻烦来。放山拉帮有个规矩，单人，叫"单棍撮"。一般来说，单人放山很危险，出了情况，连个帮手都没有；两个人，这是最忌讳的，一旦有个人见财起意，连个救的人都没有。所以，一般放山者拉帮队多为三人、五人、七人或九人，讲究"去单回双"，意思是说去时是单数，回来时加上人参就是双数了。这表明放山人信心满满，肯定会挖到人参，得胜班师。拉帮队还要精心做好各项准备工作，比如要备足小米，小米在山上生火熟得快；准备煎饼，煎饼是干粮，含水少，天再热也不易发霉；其次是咸菜，萝卜咸菜、黄瓜咸菜等，东北的大酱也必不可少。再加上铁锅、火柴、盐，这是吃的。用的有背筐、斧子、铲子、铁锹、扦子、剪刀、红绒线绳、铜钱，等等。

其二　拜山神

举香致敬拜山神，供品丰盈言语真。

宝境能得收获满，庶人何吝大精勤。

随财任取仁者乐，唯利是图小人心。

自古偏财天命在，岂贪小愿赐极珍。

画面是老把头率众人跪在山神前，焚香磕头，立下承诺和誓言，求山神保佑。这种祭拜山神的仪式，类似于战前动员，一是增强信心，激励斗志；二是定下规矩，不得贪婪，否则山神不佑。参帮所拜的山神庙一般比较简陋，找来几块石头，搭成一个小小的山神庙，然后跪下。几个人一字排开，摆上供品，插上香，拜道："山神爷，保佑我等平安，去时吉利，回来快当，去单回双，抬到大棒槌。"

其三 压饹子

就地取材造卧棚，干丫相饹架支成。

栖身林下防阴雨，择址背高避瘴风。

电闪雷击必考虑，蚊叮虫咬当除清。

出行入住两方便，盈月放山大本营。

　　画面是老把头带领众人在搭建卧棚。"饹子"即"卧棚"，也叫窝棚。放山人进山一去就是几个月，既有野兽袭击的危险，也有蚊虫叮咬的烦恼，所以必须搭建一个背风向阳的简易窝棚，以保证睡眠。饹子和地窖子的区别就是，饹子在地表，地窖子则是半地下。搭建时一般选一块背风朝阳的空地，把地面稍事平整，用几根木头，两头搭成三角，上横一条长杆，四周用树杈枝条围好，再盖上一层青草，然后用木棒压实，用藤条绑好，保证不漏雨。又在饹子四周挖了排水沟，保证雨水不流进饹子里。因为放山地点是流动的，一次放山，会有多次"压饹子"。

其四 端锅灶

张家碗筷李家锅，酱醋油盐各有些。

近水定居开阔地，临山确址避风所。

安歇有序灶先立，食宿不移井必掘。

数块浮石烟窜过，燃柴蒸汽兆红火。

　　画面是放山人烧火做饭。饹子搭好后，要在饹子旁边再搭一个锅灶。"端锅的"就是做饭的，放山人一般是轮流做饭，主要职责是看东西，负责大家晚上的饭菜，拾柴、打水、采山菜。若遇雨天，"端锅的"还要负责把同伴的衣服烘干。山上的雨和平地的不一样，有时山沟里这边大雨哗哗，山沟那边还阳光透亮。有时走到这个地方，因为刚才下过雨，树枝和地上的杂草都是雨水，人一过，照样淋一身。放山人这个季节也是很遭罪的，衣服湿了也不能脱，就在身上穿着，加上天气闷热，身上出汗，衣服紧紧贴在身上，时间一长长出痱子，痒得晚上难以入睡，只能静静地听着野狼的嚎叫声。

其五　拿火儿

林下午间用便当，随身自带有干粮。
一张煎饼卷大葱，数块馒头野菜炝。
采把酸浆用酱蘸，寻来荨麻专熬汤。
打尖歇息稍放松，拿火岂能道短长。

画面是放山人中午休息，开始吃午饭了。"便当"就是简单随意的意思，中午自带干粮，随便吃一口。"荨麻"是一种带刺的野菜，也是一种中药材。"打尖"就是短暂地休息。"拿火"就是抽烟。当时卷烟虽然已经传入中国，但是辽东人抽烟仍是自备烟丝和烟袋。一般跟随师傅的小徒，见师傅掏出烟袋，装上烟丝，赶紧拿火柴给师傅点上。

其六　排棍儿

排棍亦称列队形，后三前四递分明。
跟随进退皆依序，言语止起必小声。
每每帮头亲示范，回回伙计恭倾听。
长竿翻遍山间草，抬下老参慰平生。

画面是把头及众弟兄拿着木杆翻草棵子，找人参，也叫"排棍儿"

"压山"。几个人相距大约十来米,一字排开。把头是"头棍儿",靠两边的人是"边棍儿",把头旁边的人被称为"腰棍儿"。排棍儿时还要一边走,一边不时地把身边的灌木枝折断,叫"打拐子",目的是把走过的地方做个标记,免得走重复路,不浪费时间。

其七 盼开眼

喜迎开眼二姑娘,弱弱生于溪水旁。

张臂护持露里果,伸掌接纳雾中香。

荆棘为伴衣青素,花草相依施淡妆。

地势峥嵘育大宝,轮回与否细端量。

画面是老把头和众弟兄在寻找人参。"二姑娘"指的就是人参。参帮放山常常几个月没有收获,所以放山人难免着急。放山人很信做梦,有一个故事说,一个放山人晚上做了一个梦,梦见一只棒槌鸟落到他的肩上,他刚要伸手去捉,棒槌鸟就飞走了,边飞边"棒槌棒槌"地叫着,然后就落到一块大石头上。他就急忙跟了过去,棒槌鸟又飞走了,他就在石头周围查看。果然找到一棵大棒槌,他就喊"棒槌棒槌",结果把大家都喊醒了,原来是个梦。这样的梦在放山人看来是个吉兆,要拿大货了。所以,棒槌鸟在放山人眼里就是神鸟,哪里有棒槌鸟哪里就有人参,如果听到棒槌鸟的叫声,好运就来了。

其八 叫棍儿

歇息稍稍即起行,棍敲树干作呼声。

参帮足迹群山遍,林海跋涉众志诚。

寂寞空山常止语,荆棘险路时生情。

千般号令一长杆，上指前挥各有名。

画面是把头在前面引路，众人跟随。"叫棍儿"就是敲树干，山高林密，相互之间看不见，为防止走失，把头不时敲敲树干，众人则随时"叫棍儿"回应，意思是，"我在这儿了，没事，跟着呢"。一般情况下，放山人在山上是不准说话的，这样可以听到"叫棍儿"的声音。

其九　喊大山

寻见老参喊大山，声音厚重上达天。

报品报相是规矩，私匿私藏是贼奸。

八宝七珍归上货，六批五叶已足年。

蚊叮暑褥跋涉苦，至此而成众欢颜。

画面是发现人参后"喊大山"。喊大山就是无论是谁，看到人参必须喊声"棒槌"，然后老把头会接声问道："几匹叶？"发现人参的人则要如实报出几匹叶来。如果错认，便是"诈山"，要接受惩罚的。野山参长得慢，叶子长得也慢，五年生的野山参才长出一枚复叶，称为"三花"；长五到十年才能长出一枚完整的五片掌状的叶子，称为"巴掌"。而十到二十年，才长两片小巴掌，三十年后长三片小巴掌，称为"灯台子"。五十至八十年的叫作"四匹叶"，而长五个"巴掌"的野山参，被称作"五匹叶"，五匹叶的野山参的参龄当有百年。至于"六匹叶"的野山参，参龄则在百年以上，极为罕见。

其十　抬山参

山参大宝取云抬，先系红丝防遁开。

悬吊铜钱标重喜，横支木架避倒栽。

木签徒手轻剔土，草盖骈足慢揭开。

延茎寻根见弥须，无伤毫发深闺来。

　　画面是老把头在用木签小心拨土，以免伤了须根。之所以叫"抬"而不叫"挖"，既表示人参身份的尊贵，也表示放山人对人参的敬重。所谓的"系红丝"，就是用一根红线，两头各拴一枚铜钱，给这棵人参上"棒槌锁"。老辈传说，发现人参后，若不用红线锁住，人参就会逃遁消失。上了"棒槌锁"后，再用"索拨棍"在地上绕着野山参画个一米见方的框子，把"索拨棍"插在四个角上"固宝"。然后还要点燃一把蒿草熏赶蚊虫，这时才由老把头上前亲自"抬参"。

其十一　砍兆头

丰收首要谢山神，插草为香敬意真。

老树剥皮妆秀女，新参举斧记出品。

衣着苔藓心着底，跪起祭坛脚起云。

百鸟来观稀世宝，盈盈欢喜满丛林。

　　画面是老把头用斧头在旁边的树上砍下记号，意为已经有人在这里抬过人参。同时，要把挖出来的人参用苔藓和树皮包好，利于保鲜，以防破损。然后在刚才剥皮的那棵树上砍"兆头"。若有后来的放山人，看到左边几道杠，就知道这个参帮是几个人，看到右边砍下的几道杠，就知道抬出的人参是几匹叶。接着还要把刚刚抬过参的埯子填平，然后大家还要在这棵参的周围继续寻找，因为附近可能还会有货。

其十二　满下山

帮队唯求满下山，千辛万苦化甘甜。

幼儿得哺得书念，老母有安有养钱。

一路欢歌与笑语，百般筹划又谋篇。

通达洞悉财生处，谋事在人成在天。

画面是放山人收获颇丰，欢欢喜喜地下山去了。放山还有个规矩，下山时，一般都把剩下的粮食、盐和火种都留在戗子里，一旦有放山人走"麻达山"了，就是迷路了，多少天也走不出去这大林子，遇到这些吃的，也能救他一命。

放山人规矩蛮多，术语蛮多，外行人对放山的习俗则知之甚少。看了这些图就可以简单明了地对放山习俗和流程有一个大致的了解。但是对放山人来说，如果对这些规矩不能了然于心，是没有资格做把头的。

在《放山习俗图》的对面，还有一些牌匾，写着山参谷获得的荣誉和成就："联合国健康城市志愿者体验基地""欧盟中国委员会重点扶持企业""美国FDA食品药品管理局权威认证""FSC森林管理委员会试点单位""中国中药协会优质药材示范基地""国家GAP中药材管理规范认证""沈阳药科大学实验教学基地""智能谷同创生态——产业资本上市孵化企业""辽宁省人参产业化协会——人参产业专业委员会""辽宁省林业学会——林下山参产业专业委员会""中国中药协会——道地药材示范基地""联合国世界城市日——健康城市志愿者体验基地"。

这么多国内外权威机构的认证，看来山参谷的牌子可是够亮的了。

这时，杨国孝的车从山上下来，干活儿的人都下了车，收拾了一下工具。曲冬梅迎上去跟干活儿的人打招呼，这些人挥挥手，笑笑，各自上了自己的摩托车、小轿车，一溜烟就下山去了。

杨国孝见到我，忙说："王老师，进屋歇歇吧。"

我说："不累，这些人都是给你干活儿的？"

杨国孝说："是啊，这些人都是附近村子的，早上五点他们就从家赶到这里，然后我开车把他们送上山，六点开始干活儿，中午我把饭送到山上。大山里太阳落得早，所以下午三点就收工了。"

几个干活儿的人被杨国孝留下来，说晚上一起吃个饭。

杨国孝告诉我："现在摇钱树村家家都有人参，这个季节都在忙，家家都需要雇人。所以现在雇人干活儿太难了，人家能来给你干，全靠多年的感情和面子。现在男工一天三百元，女工一天二百元。"

我很惊讶："一天三百元？干上一个月，不就是近万元了吗？这么高的收入啊。如果在城市的饭店打工，一天干十几个小时，一个月也就三千来块钱呀！"

杨国孝说："这还雇不着呢。"

我看到一个人刚下车就拿起锄头，刨路边的地瓜花根。

他叫李凤山，个子挺高，穿一件老旧的古铜色皮夹克，虽瘦却很精神。我问他今年有六十岁了吧？他说已经七十了。我说你好年轻啊。他乐了，年轻？没有喽，老朽了。

杨国孝过来对我说："他叫李凤山，是我们的场长。"

我说了一声："李场长好。"

他说："你客气了，什么场长，我就是个领着干活儿的。"

杨国孝说："我这个参场，全靠他在这里照看，我有活儿的时候过来，活儿不忙的时候，我就出门销售或者研制新产品，这山上就全交给他了。"

李凤山说："这是杨总对我的信任。"

晚上吃饭的时候，曲冬梅招呼大家进了餐厅。餐厅里放了一张能坐十几个人的大桌子，靠墙有一铺小炕，炕头上放了一张小桌。

杨国孝说："王老师，咱们坐炕上，炕上热乎。凤山也过来。"

地上的大桌坐了七八个人，有杨国孝媳妇曲冬梅、小舅子曲冬生、场长李凤山的媳妇和妻妹，还有几个干活儿的。

小火炕的确热乎，好多年没有坐炕上吃饭了，两条腿还真有些盘不住。

杨国孝特地从山下买来桓龙湖的大鲤鱼，亲自下厨，这条大鱼做得非常好吃，味道鲜美，咸淡适中，很合我的口味。

我们三个边喝边唠。几杯下肚，杨国孝的话渐渐多了起来。他讲起自己的经历，自己的父亲母亲，说到动情处，不免眼泪充盈，几度哽咽。杨国孝看起来憨厚，内心却情感丰富。这顿饭吃到很晚，也唠到很晚。

吃过饭，曲冬梅把行李铺好，说："王老师早点休息吧。"

我知道杨国孝和李凤山他们明天还要起早上山，他们也要早早休息。

我回到自己屋里，睡不着，便出来走走。

那天是农历十二，月亮还没到最圆的时候，但在这高山之上看月亮，让你有一种超凡脱俗的感觉。真的，好多年没有看到这么皎洁的月亮和满天的繁星了。月光倾泻下来，碎银般地洒了一地。大山里那么安静，因为是深秋，连虫鸣的声音都没有。微风吹来，仿佛大山的呼吸轻抚你的脸，这呼吸干净得没有一点微尘。

院子里的酒瓮、亭子、舞台，还有远处的山门，以及山门外的山神庙，在月光下都呈现出与白天不一样的形态，朦胧、神秘……

我赶紧回到屋里，屋里明如白昼，我把窗帘拉上。

这一晚，我辗转反侧，很久才睡。

庙小无僧风自扫

第二天一早，杨国孝早早就开车送干活儿的人上山，汽车的突突声让我醒来。

曲冬梅和李凤山的媳妇在准备早饭。我走出门，一眼望见寨门外的山神庙，便走过去看看。

山神庙正对着山寨的大门，青色砖瓦，赭红色的立柱和横梁，里面供奉的是土地神和山神。庙的旁边是上山的必经之路，四周插着几面红旗，风吹过来，旗帜发出呼呼的声响。

在中国的民俗信仰中，土地神和山神担当的责任几乎相同，平原上没有山，便只供奉土地神，而山区既有山也有地，所以便把山神和土地神放在一起供奉了，但通常还是以山神为主，不然怎么叫山神庙呢。

一般情况下，佛教的庙宇都建得恢宏壮丽，让人产生一种庄严敬畏之感。人在高大的庙宇和佛像面前，顿觉渺小，赶紧跪拜。但是山神庙却不是这样，一般都建得比较小。但也有例外，比如《水浒传》中《风雪山神庙》一章描写的那座山神庙，就建得非常大，尤其那场大雪的衬托，那场惊心动魄的杀戮，以及林冲人生观的转变，在这座山神庙里被演绎得淋漓尽致。但现实中那种规模的山神庙却极少见，也许是为了剧情的需要，才把那座山神庙放大。

所以，现实中，我们几乎看不到高大宏伟的山神庙建筑。有的只是小庙，小得不能再小。甚至在辽东的山上，随处可以见到小山神庙，有的就用几块石头搭成。

不知大家注意没有，在北京恭王府里就有一座山神庙。从恭王府里的妙香亭沿石阶往下走不远处，有一个青砖砌成的小庙，小庙小到什么程度呢？几乎也就一平方米大小。那么富有且权倾天下的恭王府，为什么要建这样一座小庙呢？仔细看看你就知道了。

在小庙的旁边有一块青石，刻着几句说明文字："山神庙，用来祭祀四仙：狐狸、刺猬、黄鼠狼、蛇。据说这几种动物在园内时有出没，府中的人为求除病祛灾，常在庙前烧香供奉，以求保佑平安。"看来，在恭王府里，狐狸、刺猬、黄鼠狼、蛇便是山神了。

这座小庙分上、下两层，上层中间供奉的是黄大仙的神位，也就是黄鼠狼；右侧是长大仙的神位，长大仙便是长虫，也就是蛇；左面供奉的是白大仙的神位，也就是刺猬。而在下层，只供奉了一个神位，上面写的是大仙爷，也就是狐狸。看来，当年在恭王府里，狐仙的地位是最高的。其实在民间，人们对狐狸、刺猬、黄鼠狼和蛇也是很敬畏的，因为这四种动物的身上常有"灵异"显现。

还有湖南嵩山的云台寺有一座山神庙，建在一处绝壁之中，它的两边是万丈深渊。这座山神庙也很小，而且位置险峻，烧香极难。但却因为有求必应，以至名声显赫，香客接踵而来。看来刘禹锡的话还是有道理的，"山不在高，有仙则名；水不在深，有龙则灵"。

人世间是等级分明的社会，在神仙的世界里，也同样等级分明，有至高无上的玉皇大帝，有高高在上的各位大仙，更有散布在山山水水犄角旮旯职位低下的山神土地。这些山神土地虽然职位卑微，却是离老百姓最近的神仙。在老百姓的心中，高高在上的玉皇大帝和众位大仙看不到他们的疾苦，解不了他们的困厄，所以与其供奉玉皇大帝，不如供奉山神土地。山神土地形象朴实，他们不求奢华，不挑礼节，不讲排场；他们不拒琐碎，穿衣吃饭，啼饥号寒，声声入耳；他们不怕麻烦，春种秋收，夏耘冬藏，事事关心，是底层老百姓请得来、用得着、信得过、供得起的神仙。

在桓仁一带，据说有山神庙上千座，最简陋的便是由三块青石搭成。而杨国孝建的这座山神庙，应该是规模最大的山神庙了。曲冬生说，修这个山神庙花了十几万元。

后来我几次坐车上山和下山，只要走到山神庙前，杨国孝都要虔诚地对山神庙祈祷几句。后来发现不仅杨国孝，其他人只要经过此处，也都毕恭毕敬地祈祷。可见他们发自内心的这种虔诚和自觉，与其说是来自信仰，不如说是山神和他们的愿景早已融为一体。

山神庙虽小，但还是很讲究对联的，稍微有点规模的山神庙，都贴副对联，其中最被大众认可的是"庙小神通大，山高日月明"。有些对联是很庄重很让人敬畏的，比如"山神山人敬，土地土民尊""威震山野伏百兽，灵通岩隙惠苍生""手持金鞭巡世界，身披金甲显神威""一杆令旗遮日月，七星宝剑震乾坤""神出鬼没为消灾，呼风唤雨保丰收""在深山修身养性，出古洞济世扬名"，等等。横批有"威震山川""造福苍生""神威无边""惠泽千秋"，等等。

但也有些对联带有调侃和警示的意味，比如"头上有青天做事需循天理，眼前皆赤地存心不刮地皮""我自有神头神脑，你休要鬼心鬼肠""大小是员官长，多少有些神通""莫笑我庙小神小不来烧香试试，休仗你权大势大如要作恶瞧瞧"。

这些调侃警示味道的对联，贴到山神庙上还是很有趣的，因为在中国的神话传说和民间故事，以及文人的著作中，比如《西游记》中，山神土地的形象还是挺可爱的，他们不是那种正襟危坐、妄自尊大的神仙，他们不摆架子，不讲排场，很和气。所以，老百姓很喜欢他们，随便调侃几句，他们也不会生气的。

杨国孝的山神庙虽然没有对联，但在举行祭山仪式的时候是要贴上对联的。

我问杨国孝："三月十六这天，别人家也祭山神吗？"

"都在祭，"杨国孝说，"三月十六那天，摇钱树村'全民皆兵'，家家都在祭山。那天整个摇钱树村的村民，都带着祭品来到自己家的参场祭拜山神。外人一走进村里，就能闻到焚香和烧纸的味道，林子到处都是人的嘈杂声、鞭炮的轰鸣声、汽车的发动声。"

我问杨国孝："人们这样虔诚地祭拜山神，它真的能保护祭拜的人吗？"

杨国孝还第一次碰到这样直接的问题，他想了想说："怎么说呢？人们不是说有些神灵'信则有不信则无'吗？从感情上说，我是相信的，如果不相信，我干吗年年下那么大的功夫花那么多钱搞祭山仪式？而且平时我每次上下山路过山神庙的时候，都会在心里默念'山神保佑'。大山是有灵性的，你敬畏他，他才会保佑你。"

杨国孝接着说："但是从理性上讲，我们祭山神的目的仅仅就是要他保护你吗？如果你什么都做不到，山神爷也救不了你，保护不了你。你像我们敬山神老把头的时候，是要向他做出承诺的，比如我在祭文中说的'宜和宜睦，宜美宜信。诚实为本，业精于勤'，就是大山无私地为你奉献了，但你不可以一味地索取，林下参值钱，就萝卜快了不洗泥，必须保护环境，保持生态平衡。过去放山人之间讲和睦，讲和气生财，讲信誉，要有福同享，有难同当。做生意也是这样，诚实为本，不能玩虚的、假的。人还要勤快，不能懒惰，还要钻研技术。如果一个人不仅懒，还没有技术，别说山神爷，就是天王老子来也救不了你。山神不聋不瞎，你的所作所为，他全看得到。狡猾欺诈，坑蒙拐骗，他不但不会保护你，还要惩罚你，制裁你。二十世纪八十年代的时候，桓仁砍树种参，最后有的人血本无归，就是因为急于发财，破坏山林，造成水土流失，破坏了大山的生态，就必然受到惩罚。还有那些贪官、不法老板，最后的下场大家都看到了，你胡作非为，谁也救不了你，只有监狱等着你。"

我由衷地赞道："国孝不愧是非遗代表性传承人，竟有这么深刻的思考。"

杨国孝笑着说："我们常年在大山中，和外界接触少，平时也没有几个说话人，没办法，只能一边干活儿一边在脑子里想这些事。"

我说："你们祭山是否还有感恩的成分在里面？"

杨国孝说："那当然，这一点很重要的，人是要感恩的，我们祭山神一方面是希望大山无私赐予，给我们平安、幸福、财富。我们大山里的人所享受的一切，都是大山给予的，喝的水，吃的粮食，山上的人参、山菜、林蛙，大山把这些好东西给了你，正像那副对联写的那样，'山山岭岭摇钱树，沟沟岔岔聚宝盆'。祭山神就是一种回敬，是对大山馈赠的一种感恩方式。就像我在祭文中说的'把头荣光，覆盖山村。把头恩情，惠及乡亲'。还有'我等小民，受您之宠。结草衔环，永颂山恩'，都是感恩的意思。"

我对杨国孝说："你说得太好了，从你的身上，我对感恩有了进一步的理解，感恩是一种力量，更是一种责任。"

晚上的月亮，比昨天更圆了。微风吹拂落叶，发出簌簌的声响。站在山门前，远远地望见月光下的那座山神庙，想起这样的一副对联：庙小无僧风扫地，天高有月佛前灯。

风来扫地，月来作灯。此刻的山参谷，岂止幽静，更有空灵；岂止诗意，更有禅意。

第三章

岁月留痕

密营在述说

　　早上九点的时候，杨国孝开着皮卡车，载着我跟他一起来到山上的工地，一是看看林下参的栽种，二是看看山参谷里抗联密营的遗址。

　　山参谷的柏油路只修到了他的山门，再往山上走，则是多年人工踩踏出来的山路，或是简单地平整一下，道路崎岖不平，好在四驱的皮卡车力量很大，即便陡坡也一冲而上。坐在车里，像波涛中的小船，颠簸得好厉害。

　　很快到了山上，干活儿的有十多个人，见杨国孝上来，便都和他打招呼。他们三三两两，有的在平整林地，清除杂草灌木，有的在培土翻地，有的在栽种林下参苗。林中整理出来的地块呈长条形，顺山用细绳放一条线，宽有一米五左右，长有十米左右。旁边还有一大片参棚，上面覆盖着蓝色或黑色的塑料，里面是刚刚栽的参苗。

　　杨国孝告诉我："现在的林下参和过去的帘参种法不同，不毁林木，不破坏生态。"

　　我指着那几个培土翻地的人问道："他们在做什么？"

杨国孝说:"栽林下参必须用生土才行,要把表层的熟土清理干净,露出下面的生土。熟土有病菌,容易让人参生病。我们养花的时候需要熟土,有养分。但林下参不行,容易生病,长锈斑。"

我说:"是吗?这里面的说道还真不少呢。"

看来,人参之所以珍贵,就是因为它不会随随便便就能长成,这里面有好多技术含量,如果没有人指点,光靠一个人去摸索,不是半途而废就是搭上一辈子,甚至血本无归。

场长李凤山正领人在栽参苗,他用镢头在平整好的参畦上挖出一个横的小垄沟,另外两个人把参苗栽上去,苗的间距有一掌左右,然后培上土。

山上的活儿基本就交给李凤山,有李凤山在,杨国孝很放心。他每天就是接送上下山的工人。李凤山是个很认真的人,他对每个人的活儿都认真检查,要求也很严格。如果有人活儿干得不好,他是不讲情面的。

杨国孝站在他的参场上,腰身挺直,目光环视,那副胸有成竹的样子,像一个王。不,他就是这山里的王,这里就是他实现梦想的地方。在这里,他把自己全部能量都释放出来,全部的心血都抛洒出去,就是为了实现自己的人生价值。从他的自信中,我看到了一个亿万富翁之所以成为亿万富翁的原因。

已经是深秋季节了,再有几天,东北的城市就开始供暖了。如果天冷,有的城市还会提前几天供暖。可是此时的大山深处,却没有感觉到丝毫的凉意。

此时的山上已经没有秋季的五彩缤纷,但是树的间隙中,还有很多绿色,树冠下面的青草还呈现着最后的生机。从高大树木的尖顶望出去,天蓝得清澈,你会感觉自己的眼睛有极强的穿透力,一眼就可以把蓝天望穿。

杨国孝说："王老师，咱们去看抗联的遗址吧。"

杨国孝告诉我，虽然我们现在是在半山腰上，但要走到抗联密营遗址，快走也要两个小时，山实在是太高了。

杨国孝在前面带路。

上山的路很难走，说是路其实没有路，只是杨国孝平时走过，选择灌木不是太密，石头不是太多，能下得去脚的地方。尽管这样，有些地方也还是难行。有时放倒的枯树横在眼前，需要从上面跨过去；有时顺沟堂走，青苔太厚要小心滑倒；有时厚厚的落叶下面是石头，需小心崴脚和不被绊倒。踩在杂草和树叶上面，哗哗直响。如果不是杨国孝在前面带路，我真不知道该怎么走。

我紧紧地跟在杨国孝后面，他不时回过头问我："怎么样？要不要歇会儿？"

我说："还可以，我正好检验一下自己的体能呢。"

林子里面种的都是他的林下参，天渐转凉，人参的枝叶已经枯死，不仔细看，几乎看不到。树木稀少的地方，杨国孝曾带人又栽上了松树，小松树在枯黄的林间显得更加嫩绿。

林间的落叶厚厚的，间或看到枯叶里面还有些绿草在顽强地生存着。叶子有点像云南的桫椤叶子，只是趴在地上。杨国孝说就是大雪封山的时候，阳坡的地方也有绿草，它们的生命力非常顽强。

山上有松树、有柞树，还有桦树。一些低洼的石缝里，不时能看到有泉水流出来。一些裸露的山石上长满了绿油油的青苔，能想象出夏季的时候，这些青苔呈现出来的那种诱人的绿色。在放山人的眼里，这些随处可见的青苔和人参一样招人喜爱，因为出土的山参就用这青苔包裹。

杨国孝在一处石窝处停了下来。他说："王老师你看，这就是当年抗联的地窝。"

地窝顺着山势，垒起一段三米左右的石墙，石墙坐北朝南，石墙外的坡度被铲平。这时已是下午两点多，阳光从树枝的缝隙中照射过来，暖洋洋的，让你忘记此时已是深秋。

本溪山高林密，当年杨靖宇领导的东北抗日联军第一军在本溪建立了根据地和密营。抗联战斗、生活的遗址遍布本溪的山山水水。2023年，本溪市政府核定并公布的第九批市级文物保护单位中，就有摇钱树村抗联战斗遗址、四平东刀尖岭抗日游击根据地遗址、四平刀尖岭伏击战遗址等。山参谷的抗联密营遗址不知有没有被涵盖进去。

杨国孝说："种参前，这些抗联遗址，我都勘察过一遍，工人干活儿的时候，我都叮嘱他们，一定要小心，宁可少种参，也不要把这些遗址给破坏了。"

前面不远处有一眼水井，四周有人工修砌的痕迹，一米左右的直径，深有一尺多点。开始我以为里面已经没有水，但感觉还很湿润，仔细看一下，石头下面，竟然还有水涌出。如果稍微挖一点估计水会更多。如果是夏季，里面的水会很多。这里离山顶不算太远。老百姓说的山多高水多高，此话不假。

离水井不远的地方有看山人的房子，白色，形状和普通民房没有什么区别，两米多高，正面一扇窗户，一个门，边上搭了一个棚子，堆放杂物。过去我想象中的看山窝棚就是用木头和茅草搭起来的，农村叫马架子。现在看来不是这样，看山的房子还是挺不错的，在里面生活完全没有问题。屋里有火炕，可以烧大柴做饭，屋顶有烟囱，比当年抗联的地窖子强多了。

看山人一般在四月上山，十二月底下山，在山上整整要待上八个月，这是很不容易的。春天的时候冷，到十二月的时候则大雪封山，住在山上条件肯定很艰苦。现在农村每十天有一个大集，到时候他们便下山一趟，买上米、菜、水果、油盐酱醋等生活必需品，包括还要备一些头疼脑热的常见小药。

我问杨国孝："这些人的饮用水怎么解决呢？"

杨国孝说："有句老话你知道吗？山多高水多高，很多地方只要你挖一挖都有水，而且山上的水非常干净，比矿泉水还要好，没有污染，一般窝棚附近都有水源。如果实在没有，就到附近有水源的地方去背。"

我问道："山这么高，电怎么解决呀？"

杨国孝说："有太阳能啊，我们现在的看山的房子都安上了太阳能。过去就是小油灯或者点蜡。而且现在山上都安了监控，我坐在家里用手机就能看到山上的情况，哪个地方网破了，都能看到，因为有野猪啊。现在野猪的活动空间小了，它就要钻到你的网里面去，挖你的人参吃啊。"

我笑着说："吃了人参的野猪肯定强壮。"

看山是最简单的一个工作了，只要耐得住寂寞就行，平时也没有什么事情要做，只要看有没有人来盗挖人参，有没有野猪什么的进来拱吃和踩踏人参就行。但是说起来轻松，做起来却十分不易。人是群居动物，生下来就不是要你来耐住寂寞的。有人以为这种离群索居脱离社会的生活，必须有强大的心理素质才行。其实，那是你想多了，这些看山人的心理素质不是强大，而是单纯，他们的需求非常简单，简单到心无旁骛。他们都是自愿的，因为有丰厚的报酬，家里又没有什么更多的牵挂，所以会非常平静地在山上恪尽职守。其实任何一种生活，只要时间久了，就习惯了。

抗联的窝棚有好几处，其中有一处大一点的，有一道人工砌的石墙，一米多高，墙的前面是一块人工整理出来的开阔的平地。杨国孝站在石墙上面，百感交集。他说："如果日本人占领这里，哪里还有我的山参谷，他们是不准老百姓上山挖人参的，有'通匪'的嫌疑，怕你和抗联联系，给他们送情报，给他们送食品药品。后来杨靖宇率部队转移到集安老岭建立了根据地，我爷爷还去给他们送过粮食。"

杨国孝说："我每看到这些抗联遗址，都心怀敬畏。这些抗联的勇士真了不起，没有他们，我们就是亡国奴，今天还要受日本人的欺负。想种人参，想发家致富，怎么可能呢？门都没有。特别是天寒地冻的时候，我就想，那时的条件多艰苦，没有吃的，没有棉衣，受伤了没有药品，但他们就是一个信念，赶走小日本。"

我说："是啊，只有实地看一看，才知道他们当年有多艰苦，才知道这些人有多伟大。"

下山的时候，杨国孝指着一棵藤树对我说："你看上面结的果子，它叫马枣子，抗联冬季没有吃的，还以这个充饥。"

我第一次听说马枣子，以前也没见过。它像野生的猕猴桃，个头比野生猕猴桃略大，表面光滑，深黄色。

杨国孝说："秋天的时候，山上可吃的食物还是比较多的，山葡萄、山核桃、山梨蛋子、山菇娘、糖丁子、软枣子，还有一种果实黑黑的，黄豆粒那么大，微甜略涩，吃多了舌头和嘴里都紫黑紫黑的，我们叫臭李子。还有一种叫'刺了果'，秋天的路边常见，果肉甜酸，但是果肉中间的籽有毛毛，吃的时候一定要处理干净，否则嗓子痒。还有软枣子，熟透了非常好吃。"

我说："想不到山上还有这么多好吃的。"

杨国孝说："但是一到冬季就困难了，大雪封山。刚才咱们上山你也看到了，路极难走，下了大雪，就更难走了，所以日本鬼子上不来，但是粮食也运不上来。日本人的'集村并屯'那一招够狠的，就是想把抗联困死。"

从山参谷回到沈阳后，辽宁恰恰在十二月底的时候下了场大雪，而且天气异常寒冷，是辽宁近十几年罕见的冷冬，很多人都感到冷得有些受不了。我出门的时候，不得不多穿了件厚衣服。于是我不能不想起杨国孝山参谷里面的抗联密营，在二十世纪三十年代的时候，气温要比现在低，雪要比现在大。而且，抗联战士衣不遮体，食不果腹，经常十天半月吃不到粮食，渴了抓把雪，饿了吃些树皮、野菜、草根。没有鞋穿，就用麻袋片或破布把脚包起来在雪地上行军，常常是空腹与敌人搏斗，他们是怎样熬过那漫长的冬季的呢？

我想起东北抗日联军创建人之一的李兆麟创作的《露营之歌》：

（一）

铁岭绝岩，林木丛生，暴雨狂风，荒原水畔战马鸣。

围火齐团结，普照满天红。同志们！锐志哪怕松江晚浪生。

起来哟！果敢冲锋，逐日寇，复东北，天破晓，光华万丈涌。

（二）

浓荫蔽天，野花弥漫，湿云低暗，足溃汗滴气喘难。

烟火冲空起，蚊吮血透衫。兄弟们！镜波瀑泉唤起午梦酣。

携手吧！共赴国难，振长缨，缚强奴，山河变，万里熄烽烟。

（三）

荒田遍野，白露横天，野火熊熊，敌垒频惊马不前。

草枯金风疾，霜沾火不燃。战士们！热忱踏破兴安万重山。

奋斗呀！重任在肩，突封锁，破重围，曙光至，黑暗一扫完。

（四）

朔风怒吼，大雪飞扬，征马踟蹰，冷气侵人夜难眠。

火烤胸前暖，风吹背后寒。壮士们！精诚奋斗横扫嫩江原。

伟志兮！何能消减。团结起，赴国难，破难关，夺回我河山。

这是何等的艰苦，又是何等的豪迈！

出山将欲济苍生

杨国孝忙的时候，就把我交给曲冬生，让他来陪我。

曲冬生问我："王老师，今天你想去哪里呢？"

我说："我也没想好，你看应该去哪里看一下？"

他说："这样吧，咱们看一下桓仁非遗馆吧，里面有桓仁各种非遗项目的介绍，对祭山介绍得也很详细。"

桓仁非遗馆坐落在五女山下，正是中午，馆内没人，曲冬生说我先带你去看看桓仁发电厂的浑江大坝吧。

这座大坝在浑江的下游就可以看到，它高高矗立于五女山下，横空出世，将滚滚浑江拦腰切断。我来桓仁多次，还从未到大坝里面看看。

汽车开到大坝前，大坝的旁边有一个高高的大铁门。曲冬生给朋友打了一个电话，朋友不在班，委托另一位工友跑过来给打开大门。车顺着坝顶一直开到对岸，下车后，曲冬生对我说："从这个角度拍五女山，效果最好。"

果然，从这里看上去，没有山的遮挡，五女山近在咫尺，悬崖陡峭，怪石嶙峋。现代人居住一般选择开阔平地，而古代人则选择高山，无论怎样艰难困苦，只要易守难攻，只要能保持族群的生存和繁衍，只要能免遭外敌的侵略，在那个弱肉强食的年代，入住高山只是无奈的选择罢了。

桓仁的五女山在当地老百姓的心中是一座神山。

五女山这个名字很美，让人遐想。但为什么叫五女山呢？史书记载得很简单，说是"相传古有五女屯兵其上，因此得名"。

就这样一句话带过，未免过于简单，也不够传奇。民间还有一些传说故事，但也缺少细节，没有新意，颇有遗憾。不过也有专家考证，说五女山原本叫"卒本夫余"，叫来叫去，就谐音成了五女山了。

从浑江对岸望去，五女山的整个山顶突兀出来，高不可攀的悬崖峭壁横亘山顶，让人望而生畏，阳光下反射着太阳光，竟像一面横空而出的铜镜。深秋季节，山崖呈现褐色，更显厚重和威严。没有水库之前，山脚之下是一片土地，可耕种。而现在，江水漫过土地，直抵山腰，降低了山的高度。高耸的大坝有十二个涵洞，这些涵洞其实是闸门，闸门上面有高高竖起的升降机，它们严阵以待，汛期时一声令下即可开闸放水。

对岸有一小片开阔地，沿开阔地前行不远便是五女山下的那条著名的山沟，老百姓称为"金银库沟"，传说这沟是当年一些有钱人藏宝的地方。从那个角度看到的金银库沟整个轮廓比较清楚，两条南北走向的山梁所夹的那条沟，就是金银库沟，沟北直抵五女山断崖，沟口直抵浑江。

金银库沟现属于桓仁镇刘家沟村第九村民组，从江边望去，山上房屋隐约可见。

金银库沟这个名字在桓仁建县之前便有，传说是古人藏宝之处。此话应该不虚，地名学告诉我们，在中国，大凡地名总是有历史渊源的，都有它的来历，不是平白无故便叫的。拿桓仁为例，二棚甸子是因为当时有两户人家在这里盖起的棚子；二户来，相传清初，有从外地迁来的两户人家在此定居，故称二户来；长虫沟因为多长虫，故名长虫沟，现在改名长春沟；臭李子沟因为过去这里臭李子树多所以叫臭李子沟，现在改名叫秀里；巨户沟是因为这里当年住了一户超有钱的人家，所以叫巨户沟；五里甸子是因为这个甸子南北有五里长，八里甸子是因为有八里长；沙尖子因为那里有一片沙滩。所以我就想，既然叫金银库沟，这沟里肯定藏过金银。这就不能不让人想起"阿里巴巴和四十大盗"的神奇故事，不知道"芝麻开门"的咒语在这里是否应验。

曲冬生说："我也是听老一辈说的，在早的时候，五女山驻扎的不是李满住，是高句丽的第一代王朱蒙和第二代王类利。类利又称为琉璃明王，他们把战争中获得的金银就藏在这个沟里。后来琉璃明王从五女山下来，把都城迁到了集安，不知是走得急还是藏得深，金银没带走。至今两千多年，没人知道它们藏在哪里。"

"这个沟名起得好，金银库沟，住在金山银山上，家里还愁没钱花吗？"我笑着问曲冬生，"既然是金银库沟，那金银一定不会少了。你们就没四处挖一挖，找一找？"

曲冬生说："财宝这东西，不是你找就能找得到的，是你的，它自己就送上门来，不是你的，你就是把这山挖个遍，连个影你都找不到。"他接着说："你看这沟里安安静静的，当年李满住在这的时候，就发生过兵戎大战，双方血流成河，死了不少人。我们老百姓不求发大财，只求平安，能吃饱饭，睡觉安稳，就心满意足了。"

从大坝下来，车子转了个弯，便到了仿古建筑非物质文化遗产展示馆。正面是建州女真博物馆，非物质文化遗产展示馆在左面。整个建筑青砖青瓦红柱，古香古色。

展馆正是中午休息的时间。曲冬生找到一名保安，他们认识，这个保安过去一直在杨国孝那里打工。他听说曲冬生带我来参观祭山活动，非常热情，一个劲地说："杨国孝那个人可好了，有本事。"

进了展馆，迎面是展馆的前言，上面写道：

> 非物质文化遗产是指人类历史上创造，并以活态形式传承至今的，具有重要历史价值、艺术价值、科学价值与社会价值，足以代表一方文化并为当地社会所认可的，具有世界价值的知识类、技术类与技能类等传统文化事项。

> 桓仁历史悠久，文化底蕴丰厚，作为文化遗产活态部分的非物质文化遗产，保留着桓仁人祖祖辈辈的历史记忆，凝结着先民们的情感和智慧，彰显着桓仁独具特色的地域文化。

> 桓仁县委、县政府高度重视非物质文化遗产的保护工作。"非遗"保护与传承工作沿着政府主导、社会参与、明确职责、形成合力的保护原则，良性发展。

> 迄今为止，我县列入各级"非遗"保护名录的项目有七十余项。非物质文化遗产展示馆的建设，旨在通过这有限的展示

空间，借助有形的"非遗"作品，为广大游客推介桓仁地区众多的非物质文化遗产，让这些生发于民间的宝贵记忆，鲜活于民间，传承于民间，普惠于民间。文化是历史的积淀，是民族的骨髓，更是我们后人奋力前行的动力，我们对先人创造的文化遗产充满敬意，因为那是祖辈珍存的财富，我们有义务、有责任让这些珍贵的文化遗产薪火相传，世代繁荣。

曲冬生在建馆初期就来过，他见我急于先看祭山的情况，便带我进到里面，直接来到"祭山习俗"的展位。

这个展位比较丰富，有图片和文字说明，也有在山参谷看到的放山习俗的风俗画，还有电视图像。

我首先找到的是当年满族先祖李满住祭山的那座山神庙的照片和文字说明。

曲冬生指着一张"五女山南麓瓮村建州女真李满住祭祀遗址"照片让我看，他说："这座小小的山神庙就是桓仁最早的山神庙，也是桓仁最早祭奠山神的地方。"

有专家认为，李满住入驻瓮村后，主动与明朝修好，改善关系，他的"李"姓，便是明朝所赐，还给他封了官。于是他认为，自己所获得的一切，全赖山神所赐。于是，李满住便在金银库沟借山势砌了一座山神庙，拜山神以赐福。

从照片看，李满住的山神庙并不大，在一处凹进去似洞非洞的巨石前，用大小不一的十几块石头砌成，庙口有一块大一些可以摆放供品的石板。瓮村遗址现存有房址五十多处，从山上一直延伸到江边，遗址中的这些房屋规模都不大，周围还有排水沟、碾盘、人行小道、人工挖掘的水井，等等。

在"祭山习俗"的展位，还有很多实物展出，其中有放山人的工具，如装水的葫芦，挖参的木签，木签上拴有五帝钱。这五帝钱是清代的顺治、康熙、雍正、乾隆、嘉庆五位皇帝时期的铜钱，分别代表金、木、水、火、土。过去的人很看重五帝钱，在他们看来，五行俱足，利财运、增吉运、化解煞气、镇宅辟邪，是一种力量非常强大的风水吉祥钱。

还有一个展位专门介绍"桓仁山参（林下长芦参）栽培加工技艺"，包括山参制品、山参大集、山参加工、山参籽采摘、山参晾晒等。

这个展馆里面还有其他非遗技艺和产品，内容相当丰富。比如桓仁京租稻栽培技术，用京租稻磨出的大米，是大米中的极品，顾名思义，这"京租"二字就表明了稻子身价不菲。据说清同治皇帝品尝后，御封"十里香"。同治十三年御赐此稻为"京租稻"。后来又有"京租米""贡米"之称。京租米米粒晶莹，洁白光亮，吃起来清香可口。

其他还有木版年画技艺、朝鲜族农乐舞（又叫乞粒舞）、桓仁民间剪纸、桓仁传统管糖、满族食品、朝鲜族食品、辽东条编技艺、桓仁石雕制作技艺、桓仁盘炕技艺、桓仁传统煎饼，等等。桓仁煎饼很有特色，有一个品牌叫"抗联煎饼"，有一段时间在市场上销售很好，不知现在怎么样了。桓仁煎饼的技艺，想必是闯关东的山东人带过来的。桓仁老百姓就烙这种煎饼送给东北抗联。

看到这些展品，不能不勾起人们对往昔时光的记忆。

我对曲冬生说："这个展馆内容挺丰富的，设计制作也很精美。有构思、有内容、有看头。"

曲冬生颇带自豪地告诉我说："这个展馆就是我哥哥曲东立设计制作的。"

我惊讶道："你哥哥很有才华啊！"

为了证明此言不虚，曲冬生带我来到一副对联前，说："这副联就是我哥写的。"

对联是行书，"留住文化根脉，托起民族未来""保护文化遗产，珍藏历史精华"，落款处是"曲东立书"。

我说："你哥字写得真不错，称得上书法家。"

曲冬生说："我们姊妹中，哥哥曲东立最有才，不但善书法，还会画画，他的画还到北京参加过画展。他在县文化馆工作，后来辞职开了家广告公司，是县里最大的一家，而且花了七十多万进了一台喷绘机，当时这样的喷绘机在全市也是最好的。他还办了一家浮雕厂，解决不少残疾人就业。1989年，桓仁县改为桓仁满族自治县，全县各单位的牌匾都要重新制作，你算一下那得多少牌匾，都是我哥做的，而且都是手工制作。"

在旅游产品展示柜台，曲冬生指着杨国孝的人参产品向我介绍说："我姐夫成立辽宁远山生物科技有限公司，专门研制人参精加工产品，有三十多年了，他采用的是祖传秘方，是他爷爷一手研制的。我听他讲过，是在二十世纪三十年代，他爷爷去营口经商，回来的路上被洪水阻隔，足有二十多天，他就利用那段时间，用人参和山上采来的蜂蜜、中草药做出来的。人用过后，力气陡增，精神倍佳。我姐夫在这个秘方基础上，又加了一些中草药。这个产品在江、浙、沪一带相当受欢迎。他们说这个产品是'男人的加油站，女人的美容院'。"

我说："这个赞誉挺形象。"

曲冬生说："人们都说人参贵重，都喜欢用人参来做保健，但真正会吃的人并不多，只知道泡酒、炖小鸡。其实人参的食用方法很多。现在桓仁有很多厂家研究出人参的多种食用方法，不仅有效地利用了人参的药用价值，还大大地方便了消费者。让人参不再是有钱人的专用品，普通老百姓也用得起。"

我问道："都说人参能治病，都能治什么？"

曲冬生说："这个有点太专业了，我一时还真说不全，试试看我能说出几个。比如大补元气、复脉固脱、补脾益肺、生津养血、安神益智、肢冷脉微、脾虚食少、肺虚喘咳、津伤口渴、内热消渴、气血亏虚、久病虚羸、惊悸失眠、阳痿宫冷……"

曲冬生像说相声贯口似的一口气说出一大堆来。

曲冬生余兴未尽，又打开手机，搜索一下，找出一段话来让我看，文中写道：

> 中医认为，人参性味甘、微苦，入脾、肺、心经，有大补元气、补益脾肺、生津安神之功，常用于气虚欲脱、短气神疲、脉微欲绝的危重证候，单用即有效。对脾肺亏虚、心气不足、气血虚弱者，亦常为滋补要药。在两千年前的《神农本草经》中即将其列为"上品"药材，而古代临床方剂中用人参也是很多的，如唐《千金方》收载的五千三百多个处方中，用人参的便有三百五十八个，可见其临床应用之广。人参在中药中属于补益药，凡有气虚者皆可用之，故《本经》言其"主补五脏，安精神，定魂魄，止惊悸，除邪气，明目，开心益智"。《别录》言其"调中，止消渴，通血脉"。《本草纲目》言其"治男妇一切虚证，发热自汗，眩晕头痛，反胃吐食，痎疟，滑泄久痢，小便频数淋沥，劳倦内伤，中风中暑，矮痹，吐血，下血，咳血，血淋，血崩，胎前产后诸病"。

我笑着说："天哪，人参有这么大的作用。"

曲冬生说："是啊，人参真是人类最好的朋友，长得就像一个人，不然怎么叫人参呢。你知道吗，过去有钱人家看病开药，如果药里没有人参，就认为不是好药，甚至还会认为这个医生是个庸医，没本事。如果药里用了人参后，病人仍然没有救活，那家里人也就心安理得，都尽力了。"

曲冬生说得没错，确是如此。人参真的是个宝，历代都作为皇家贡品，清朝尤甚，因为满族人从小就和人参打交道，得了天下后，更是把人参捧上了天。皇家专用，富人追捧，资源稀少，价格不暴涨才怪。

人参的贵重，还有一个原因，就是说它有续命的功能。古籍《续名医类案》就有记载："一妪年七旬，伤寒……昏沉，口不能言，眼不能开，气微欲绝。与人参五钱，煎渣服之，顿愈……"从这段简短的文字中，可以看出人参起死回生的功效。

为什么人参会有续命功能？现代科学研究表明，人参能增加心肌收缩力，减慢心率，增加心输出量与冠脉血流量，可抗心肌缺血与心律失常。对心脏功能、心血管、血流都有一定影响。

在《红楼梦》中，人参几乎贯穿全书。贾府里的人有点头痛脑热的就赶紧找根人参来，熬汤吃药。林黛玉初进贾府，贾母见她身体虚弱，便给她配制"人参养荣丸"；秦可卿病重，医生便用人参给她调制了一剂"益气养荣补脾和肝汤"；宝玉被油灯烫伤了脸，赶紧敷上"人参败毒散"；贾瑞冬夜里被浇一桶"黄龙汤"，内伤外感虚损成疾，服用的是人参熬制的"独参汤"……最后到贾府没落时，翻箱倒柜想找根人参都没有，很凄惨。从这些描述中，足见人参作用之大。

人参独生于关东地区，清朝入关之后，对人参产地的关东进行封禁，对采挖人参控制得尤为严格。采参是官办机构，放山人不许私自进山，朝廷有专门为皇室采挖人参的机构，还在关东设立了专门的官参局，负责人参事务。特别是到了乾隆时期，人参采挖变成了政府行为。但是老百姓的偷挖现象也难以制止。到雍正年间，官办退出，允许老百姓采挖，但由官方发放采参的参票，凭票采参，规定每张票交多少人参，多少银子，于是进一步推高了人参的价格，也使人参资源大面积减少。

看完展馆，我俩回到山参谷。下车后，前天没有关注的路边的几个宣传牌，引起我的注意。

第一块牌子：

中国本草，尚品第一位。中国是人参的宗主国，是最早发现并应用人参的国家，有着五千年的应用史，并将人参发展成一种特殊的文化，这是对世界的一大贡献。清代以前，中国所有的历史典籍中记载的人参全部为野山参。

第二块牌子：

野山参的价格从古至今贵超黄金，在历史上野山参一直是皇亲国戚、达官显贵们争相收藏和食用的奢侈品。

第三块牌子：

野山参名列中国本草上品第一位，是古今公认的百草之王、百药之王、百补之王。

第四块牌子：

　　野生人参——价格一直是最高的，每只价格都以万计算。野山参——是指人工播种，在自然环境下生长超过十五年的人参。价格仅次于野生人参，根据年份和形体决定价格，每只价格几千、几万、几十万，如果年份长久，可值百万千万以上。移山参——是指把野山参苗移栽至林下的人参。园参——是指纯人工种植并加以管理的人参。

第五块牌子：

　　中国是最早发现和应用参类的国家，参类已有五千年历史。作为一种特殊的文化和珍贵的药材，其发展与功效都可称得上"草药之王"的美誉。其中人参具有很高的药用价值，一直被认为是一种珍贵的药材。其珍贵程度和完美功效都被中国史书所记载。

　　几百年甚至几千年来，无论社会怎样发展，科技怎样进步，人参在人们心中的地位从未被撼动，难怪清人多隆阿在他赞美人参的诗中这样写道：

　　也随群卉共敷荣，朵子芽参沿俗名。
　　在野有时依紫椴，出山将欲济苍生。
　　调和痰疾功原大，燮理阴阳性又平。
　　不是寻常凡草类，求沽价亦重连城。

这首诗写得不错,尤其是"出山将欲济苍生"这句,把人参的境界升华了。由于林下参的种植,已经改变了"求沽价亦重连城"的状况,而且,随着林下参种植的不断发展扩大,人参将不再是皇家和富人的专用品,普通老百姓也会用得上,吃得起了。

月光下的故事会

我对杨国孝说:"我想采访一下村里的人,听听他们的人参故事。可是这些天你们实在太忙了。"

杨国孝说:"没关系,我安排时间。"

傍晚的时候,工人下山,杨国孝简单收拾一下,备好车,说:"王老师,咱们下山。"

坐车来到了四平村大水饭店。一会儿客人到了。杨国孝介绍说:"这位是本溪来的王老师,这位是摇钱树村原书记孟昭敏,这位是摇钱树村原村主任任传友。"又介绍了其他几位。

这几天是孟昭敏、任传友他们最忙的时候,要不是杨国孝找他们,就是天王老子说话,他们也不会过来,一个是现在他们把吃饭当成负担,过去要是说谁请客,早早就到,一顿大鱼大肉,吃得心满意足,喝得稀里糊涂,那叫一个快乐。可是现在,恰恰相反,山上的活儿有的是,没工夫闲扯。再说了,累了一天,巴不得热炕头上躺一会儿,明天还得起早呢。

四平中心村过去是一个乡的建制,后来乡镇合并,四平乡撤销,合并到二棚甸子镇,四平就成了一个中心村。虽然是一个村,但比一般村要大，还分管摇钱树、刀尖岭等几个村。四平中心村是"东北抗日民主自卫军兴起之地"，也是"抗联文化的历史教育基地"。

村里的大水饭店是方圆几十里内最好的饭店。周围人家有什么大事小情，都来这个饭店，生意始终不错。至于为什么叫大水，无从得知，也许是取自老板的名字吧。

原村主任任传友六十多岁，一头乌发，脸上皱纹很少，他刚刚从山上赶过来。孟昭敏就更年轻了，虽然也有六十岁，脸上一点皱纹都没有。从前在农村，人们常把五十多岁的人称为"老大爷"，现在看来，这种认知已经过时了，尤其在摇钱树村，已经很少听到"老大爷"这个称谓了。孟昭敏也是从山上赶过来，他身穿一件灰色的冲锋衣，里面是一件深蓝色的T恤。他坐在那里，给人的感觉十分稳重，双手抱在胸前，双眼微闭时像一尊佛，一脸的福相。他言语很少，但说起话来，简短而准确中不乏幽默。

一般来说，饭桌上人多不太适合采访，但又不能浪费这次难得的机会，我灵机一动有了主意，不如让大家讲讲人参的故事，只要和摇钱树有关的就行。

听了我的话，孟昭敏问我："关于摇钱树这个村名怎么来的，你知道吗？"

我说："曲冬生给我讲过。"

孟昭敏说："好几个版本呢，他说的是哪个？"

我把曲冬生讲的关于摇钱树村的故事简单复述一下，他点点头："没错，是这样，可是还有一个呢。"

我说："那个怎么讲？"

他说："我说的这个是小时候我们老师讲的，老师叫王志多。他说摇钱树早先叫杉松背，这地方有胡子，就是土匪。占山为王，无恶不作，老百姓特别恨他们。那时候桓仁刚刚建县，城墙还没修好，县衙非常简陋，修城墙的钱就存放在仓库里，有人看守。结果这帮胡子在一个风高月黑的夜里，杀了看守，抢了钱。后来上面派官兵来追剿他们，他们身上带着钱跑不动，便把钱挂在了树上，等官兵走了再回来取，结果这伙胡子被官兵消灭了。第二年，老百姓种地的时候，抬头一看树上有一串串铜钱，便摇了一下，穿铜钱的绳已经烂了，铜钱就掉下来。再摇，又有铜钱掉下来。老百姓以为这是棵神树，就叫它摇钱树了。摇钱树村的名字就是这么来的。"

我说："这么多版本，都说得有鼻有眼的，到底哪个是真的呢？"

任传友说："这么多故事，总有一个是靠谱的，你看咱周围这些地名，都不是瞎叫的，摇钱树这个名字肯定有来头，不能平白无故叫摇钱树吧？"

孟昭敏说："'文化大革命'的时候破四旧，说摇钱树这个名字是封建迷信，改成东胜村。到二十世纪九十年代兴起改名，当时我是村书记，改什么名好呢？我征求过杨国孝的意见，他当时已经在村里种林下参了。杨国孝说还是恢复摇钱树这个名好，有了摇钱树，村民能致富。当时没敢想什么致富的事，能吃饱饭就行。谁承想，没几年工夫，咱村真的就富起来了。"

杨国孝说："是啊，当时谁敢想什么致富啊。当时我是这么想的，一个是摇钱树这个名字历史上就这么叫，另一个是即使没富起来，至少也表达了咱们农民致富的愿望。再说了，凭什么我们农民就不能致富呢？"

曲冬生笑着说："瞧你们摇钱树人，现在说话的底气都这么足。"

接着大伙儿又讲了几个关于摇钱树的故事。

一个说："有出京剧叫《摇钱树》，你们知道不？说玉帝张友仁，他的四女儿叫张四姐，看上穷书生崔文瑞，想嫁给他，就送崔家一棵摇钱树。崔家一夜暴富，让王员外生疑，便诬陷崔家的财富是偷来的，结果崔文瑞被官府捉拿入狱。于是张四姐一怒之下，劫牢救出崔文瑞。但是由于张四姐属于私自下凡，这下惹恼了玉帝，玉帝传旨召四姐回天宫，四姐不从，玉帝便派天兵天将前往擒拿。先锋哪吒化为一只蝴蝶，摄走摇钱树。诸神捉拿张四姐，张四姐不从，与诸神力斗，诸神都不是张四姐的对手。无奈，玉帝只好让几位姐妹来力劝四姐。在众姐妹的劝说下，四姐只好答应，便带着崔文瑞一同回到天宫，过上幸福生活。"

又一个接着讲："说有一个村子，村北有户人家，儿子是个小木匠，老实巴交，勤快善良，却穷得没钱给母亲治病。有一天，小木匠上山干活儿，看到一棵好看的小树，就把它挖出来，栽到自己家门前。栽完，刚想眯一会儿，就来了一个白胡子老头，对他说，这是一棵摇钱树，以后有困难，摇这棵树就有钱了。小木匠醒来发现是个梦，就明白是神仙在点化自己。试了一下，果然摇下钱来。便拿着这些钱给母亲买药看病，很快治好了母亲的病。此后，村里谁家有困难，他就摇下几枚钱来帮助人家。这时，有一个地主老财发现了小木匠家的摇钱树，就强行夺来，栽在自己家院子里，摇钱树长得很快，一会儿工夫就长成大树。财主高兴坏了，使出全身力气摇树，大树落下钱来。财主贪心，想要更多的钱，便一边摇一边喊'金元宝、金元宝'，树上果真掉下金元宝，下雨一般，把财主砸倒，埋到里面。众人慌忙扒开金元宝，救出财主，可他已经被砸死了，金元宝也都变成了石头。"

大伙儿轮着讲，思路打开，故事如山中泉水，汩汩而出。有的讲，有了摇钱树，金银财宝招之即来，穷小子变成大富翁。有的说穿红肚兜的人参娃娃喜欢和穷人家的孩子做朋友。有的讲人参变成老牛，可以不吃草料，为穷小子开荒种地。有的讲人参变成善良的白发老翁，为放山人指点迷津。还有的讲有一个穷小子，父母双亡，只剩下他一个人，每天上山放牛回来，家里的饭菜就已经做好了。一天他提前偷偷回来，发现一个漂亮女子在他家里做饭，原来是人参姑娘。人参姑娘索性不走了，要嫁给这个穷小子，穷小子说自己房无一间，地无一垄，跟他要受苦的。但是人参姑娘说非他不嫁，愿意和他一起受苦。

这个故事一讲完，大伙儿就说："这个故事其实就是穷小子做白日梦，哪个好看的女孩愿意嫁给你。人参姑娘再善良，也不会要那些穷小子。咱们摇钱树就是个例子，过去穷的时候，只好做梦娶媳妇。你看咱们村富裕之后，一听说摇钱树的，都另眼相看，十里八村的姑娘都以嫁入摇钱树为荣。过去媒人给摇钱树的小伙子说媒，钱得往多上说，不然谁嫁给你？现在的媒婆得往少上说，说多了怕人是图你的钱。"

我问道："我有一个事不明白，这里的老百姓为什么把人参叫棒槌呢？"

大家七嘴八舌解释道："这里面有几个原因，一个是当年清廷封禁，闯关东的人来长白山挖人参，不敢说人参二字，怕被抓，就得找个词代替，所以就叫棒槌。再一个是放山人在山上发现人参，如果喊人参，不响亮，别人难听到。喊棒槌顺口，响亮，传得远。那为什么不叫别的，偏偏叫棒槌呢？这也有个说法，说是高句丽王上山挖参回来，遇到一群在井边洗衣服的女人，那时候洗衣服用棒槌在石板上捶打，洗得干净。见大王回来，女人们问：'大王，干什么去了？'大王指着人参说：'挖这个去了。'女人们没看清，还问。大王就指着她们手里的棒槌说：'就你们手里的那玩意儿。'女人们明白了：'是棒槌呀。'从此棒槌这个叫法就传开了。现在都叫人参了，我们小时候还都叫棒槌呢。"

我问："听人讲，说人参旁边都有大蛇守护，是真的吗？"

杨国孝说："是真的，我小时候上山采山菜，就碰到一条大蛇，果然在不远处发现几棵上百年的人参。其实，那种蛇老百姓叫钱串子，学名叫白眉蝮蛇，靠捕捉老鼠、青蛙、小鸟等一些小动物为食。人参在开花后不久，人参籽就成熟了，这个时候，小鸟、老鼠、青蛙这些小动物就来吃这些人参籽。蛇很聪明，它知道这个时候可以守株待兔，不用到处寻找，那些美味就自动送上门来。"

这时大伙儿你一言我一语，意思就是蛇守护人参是真的。他们说，科学应该相信，但科学有时候把事情解释得没有趣味了。其实蛇是会成精的，它有灵气，它就守着人参，寸步不离，这可不是瞎说。你要是用科学来解释，就没意思了。人要修行，动物也要修行。为什么民间故事里都是狐狸精、蛇精？这两种动物就是有灵性的。其实，大山也是有灵性的，拜山神，保人平安，风调雨顺，每个山门都不是轻易可以进去的，进去容易出来难，山里有很多精灵，人进去了，打扰了它们的生活，它们就会反抗。

任传友说："要说灵性，我也有一个故事。我那块参地叫砬子沟，就发生过一些奇怪的事。当年有一群占山为王的胡子，一共十六个人，祸害老百姓，有时也打日本鬼子，日本鬼子也打他们。他们见老百姓支持抗联，给抗联粮食衣物，便冒充抗联，到摇钱树来抢粮食，把老百姓家的一条大狗给勒死，在井台边剥皮烤肉吃。刚烤熟，还没等吃，日本鬼子和伪军打过来，他们就往山里跑，进了砬子沟里面的一个小沟堂子。等日本人追上来，发现雪地里的脚印，就把这个沟给围上，架上机枪扫射，十六个胡子全部被打死，后来老百姓把这条沟叫胡子沟。这些人死后也没人为他们收尸。解放后有人在这个地方种地，发现了这些人的遗骨，就收拾收拾给埋上了。后来我在这山里种人参，雇了一个人，结果他晚上净做噩梦，那人干了两天就说啥也不干了，问他怎么回事，他不说，就只说这活儿我干不了。后来又重新雇了一个，山上待了两天也说不行。没办法，我把看山的房子挪下山，这才勉强把人留下。"

大伙儿都乐了，说："你这就是迷信。"

任传友说："有些事情宁可信其有，不可信其无。民间有些忌讳你不能不信，咱们刀尖岭没有姓朱的，为什么？因为刀尖岭刀尖岭，那是刀尖呀，姓朱（猪）的进去，不就是挨宰吗？姓杨的也不行。你去打听打听，到现在，刀尖岭村里就是没有姓朱的和姓杨的。你不信？姓杨的不能娶姓郎的，羊和狼怎么能生活到一起呢？"

孟昭敏对任传友说："你讲的那些都是封建迷信，你要信就自己信去，在外面不能乱讲。这些事就是闲着没事说着玩的，信则有，不信则无。"

我又问道："刚才你们提到抗联，我刚进村的时候，看到有牌子上写着'东北抗日民主自卫军兴起之地''抗联文化历史教育基地'，在山参谷还看了抗联当年留下来的密营，你们这里都有哪些抗联的故事？"

说到抗联，大家七嘴八舌讲起来。

一个说："有一年，一个日本指挥官和集安伪治安队长张轴子带领治安大队一百多人，从集安耀武扬威地过咱们这边来，老百姓早把情报传给了抗联。抗联得到消息，就悄悄在刀尖岭趟子沟埋伏好了，等鬼子指挥官和治安队一过来，机枪、步枪、盒子枪一齐对准那个日本鬼子指挥官打过去，像雨点一样，日本指挥官还没缓过神来就被送西天了，吓得张轴子转身就往回跑。张轴子那小子打仗不行，跑起来还是蛮快的。这一仗，打死了一个日本指挥官，活捉三十多个俘虏，缴获五十多支步枪和几十套衣服。这叫伏击，张开口袋让你钻，然后把口袋扎紧使劲打。"

另一个抢过话题："过了不久，抗联的人穿上缴获的日本指挥官和治安队的服装，假装和土匪打起来，冲进四平街。四平街伪警察署长叫孙海臣，外号孙猴子，坏得很，管日本人叫爹的主儿，是铁杆儿汉奸，手下有三十多名警察，平日里欺压百姓，四平的老百姓都恨他。当时抗联拿出一张日本指挥官的名片，让当地一个乡绅给孙猴子送去。孙猴子一见名片，知道是日本人来了，慌忙集合队伍迎接。结果还没等他醒过神来，便被抗联缴了械。这一仗，不费一枪一弹，缴获三十多支步枪和一支匣枪。抗联还放火烧掉伪警察署，抓了孙海臣，后来孙海臣想逃跑被打死。这叫智取，神兵天降，兵不厌诈。后来那些伪警察、治安队，再也不敢耀武扬威，为非作歹了。"

一个说："那个孙猴子活该他死。"

另一个说："那些当汉奸的都没好下场。"

又有人讲："后来日本人整明白了，抗联之所以难以'剿灭'，是因为有老百姓做后盾。咱们摇钱树的老百姓就常给抗联送粮食，送情报。所以日本鬼子为了'围剿'抗联，实行'集村并屯'政策。一天，桓仁日本守备队突然开到横道川，抓了一些人，在这些人的后背贴上写有'放火队'三个字的白纸，每人发盒火柴，持枪逼着这些人，从红汀子开始，经四平街、摇钱树、刀尖岭，凡各个沟岔，见房就烧，大火绵延了三十多公里。老百姓的房子被烧成灰烬，人被赶到沟外横道川'集村并屯'的围子里。围子修有围壕，拉上铁丝网，四角有炮台，大门戒备森严，白天日伪军站岗，晚上大门紧闭。老百姓出入需携带通行证，不准早出晚归，晚间更要受伪警察的监视与威胁，稍有违背，就会遭到毒打、抓捕甚至杀害。老百姓恨透了日本鬼子。由于日本鬼子切断了老百姓和抗联的联系，无奈，杨靖宇率部队转移到了集安老岭，重新建立根据地。"

有人又讲起日本人制造的"西江惨案"，说是在1937年农历正月，桓仁的日本守备队将"收降"的抗日人员以及嫌疑人二百多人捆绑后，运到桓仁县西江岸边，全部砍杀，然后将尸体抛到冰窟窿里。到了第二年春暖开江的时候，被填进冰窟窿的尸体，逐渐都漂浮上来，老一辈的人在浑江上都看到过从上游漂下来的尸体。

讲到这里，大家都义愤填膺。

看到时间不早了，我转移一下话题说："我再问你们一个问题，你们的头发是自然黑还是染的？按理说你们也都六十岁上下了，头发还这么黑？"

听到这个话题，有的说，我们这儿哪有染头发的啊；有的说，整天和大自然接触，空气好、水好、心情好，头发就好；还有的说，这和吃人参养颜绝对有关系，人参是这世界上最好的保健品；一个说，乾隆皇帝从三十七岁开始吃人参，一直吃到八十九岁，生了二十七个子女，成了中国历史上最长寿的皇帝；一个说，慈禧太后用人参养颜，嚼含人参，增补元气，七十三岁高龄还保持容颜不老，这是人参的功劳。

孟昭敏打断大家说："王老师这次来，最想听的还是杨国孝的故事，咱们就别东拉西扯了，都挺忙的，把时间留给国孝吧。"

我说："今天就不让国孝说了，等他有时间，专门给我讲讲。"

第
四
章

薪火相承

往事越千年

杨国孝让曲冬生陪我在县城里转转。

我对曲冬生说："抽时间带我去看看那位让桓仁人念念不忘的知县大人章樾吧。"

曲冬生说："去章樾公园最好是晚上，那时灯火辉煌，水光潋滟，加上天上明月一轮，那才令人陶醉呢。"

我说："好吧，听你的。"

那白天去哪呢？曲冬生先带我去了江边。

出隆兴门，便是浑江。江边是一个大广场，以前来桓仁，必到此广场，这里是欣赏浑江的最佳地点。这里江面开阔，水质清澈，看不出水在流动，给人一种沉甸甸的厚重感。这个广场称作民族广场，建有水幕电影。每年从五月到十月每天晚上播放，届时桓仁县城的百姓或前来旅游的宾客便来这里观看。如果是夏季，这里可谓灯火通明，盛况空前。

曲冬生告诉我，为解决辽宁中部六城市缺水的问题，2003年辽宁开工建设了从浑江向大伙房水库输水的工程。输水的涵洞就在江的对面，清晰可见。

曲冬生指着江对面说："王老师你看，桓仁水多，我们从没尝过缺水的滋味，没有感觉水对一个城市有多重要。可是辽宁中部那六个城市，如果没有桓仁的水，这些城市就瘫痪了。水就从那个涵洞通过，全长八十多公里，一直引到抚顺新宾的苏子河，再送到抚顺的大伙房水库，然后送往抚顺、沈阳、辽阳、鞍山、营口和盘锦。很多沈阳人都以为自己吃的是大伙房水库的水，其实是桓仁的水，到现在很多人也不知道。"

我说："桓仁就是这么默默地做着奉献。"

吃过晚饭，稍事休息，曲冬生便与我同游章樾公园。他说他也好长时间没过来了。我俩走出宾馆，没想到，章樾公园就在我住的宾馆的对面，过马路就是。

晚上的章樾公园灯光璀璨，五彩缤纷，跳广场舞的，饭后散步的，情侣牵手游览的，外地客人观光的，人流不断。正是农历十五，天上那轮圆圆的明月，映在河水中，像一对孪生的兄弟。拱形长桥被灯光一照，桥下涵洞和影子便汇成了椭圆形。桥上灯光的色彩不断变幻，和桥的倒影融为一体，让人有一种天上人间的感觉。

我忍不住掏出手机不断拍照。

看得出，桓仁章樾公园的建设还是下了一番心思的。在章樾公园的北头，有一面历史文化墙，墙上有桓仁各历史时期的雕塑，并配有文字介绍，通过这些简单明了的文字，让游客对桓仁的历史一目了然。

顺着人流前行，便到了那座五彩缤纷的拱桥，这座桥叫永安桥，桥面两侧的望柱与栏板由汉白玉雕刻而成。栏板有几十幅浮雕，展示了桓仁先民的生产、生活、文化、习俗场景。其中有播种、收获、堆垛、放木排、采蘑菇、挖棒槌、编筐、织布、打铁、铲磨等，还有表现当地风俗的，如开脸、坐福、悠车、烤火盆等。

再往前走，便是一个大广场，广场上有一座巨大的章樾汉白玉雕像，章樾头戴七品顶戴，身着官服，胸前补子上绣着鸂鶒（xī chì，一种水鸟），足蹬朝靴。雕像高五点一米，寓意章樾在桓仁任职五年零一个月。基座高一点八七七米，寓意章樾在1877年任桓仁知县。基座中间四方形，外边八角形，寓意内方外圆，四平八稳，也寓意着章樾立身于太极八卦城之上。基座前镌刻"章樾"两个大字，后面为其传略。从传略中得知，在桓仁建县之初，章樾修城垣，建衙署，日夕督作，不敢稍宽。终于在光绪八年建成八卦城。章樾在桓仁一共干了五年，为官清正廉洁，同情百姓疾苦，做了不少好事，是桓仁县的奠基人。桓仁的老百姓至今还怀念他，所以在桓仁镇建了章樾公园，还为他塑了全身雕像。

雕像基座的两侧还刻有章樾所作的《劝农四时乐歌》。

其一

林鸟底事春啼早，声声只道农家好。

冰融雪消土如油，一犁烟轻日景杲。

童子拍手唤布谷，满耳山歌真绝倒。

南阡北陌带花锄，长堤绿谝茸茸草。

课农走马出山城，笑语垂髫黄发老。

扑面缓度麦苗风，周行鸭绿黄牛堡。

归来犹闻众鸟言，行乐何处无轩鼟。

一路花飞送舞筵，吩咐家童且莫扫。

其二

四月南风抽黍苗，荷锄人逐杏花遥。

五月柳絮满磵飞，牧童叱犊出林腰。

村庄初种故侯瓜，垄头犹过卖饧箫。

妇子南亩馌角黍，笑语不解伛偻婳。

涂足沾体六月寒，侧笠分饮酒盈瓢。

三夏之乐乐如此，此中不识羲与尧。

我行爱渡千仞冈，农歌远送马蹄骄。

万峰苍翠原照绿，雨后山程过迢迢。

其三

秋风处处报初成，前日课雨今课晴。

黄鸟喈喈鸠唤妇，鹅鸭同和田歌声。

啄黍鳞亩铺如云，红豆不数南国生。

晚饭儿女喁喁语，镰腰霍霍向月明。

早起浓露堆如珠，少妇缀屦泥痕轻。

羯鼓遍挝催田夫，刈人均劳黍肉盈。

盈仓纳禾乐如何，报社簪花满乡城。

我心更慰三农望，笑度田畴问五更。

其四

三时民劳万宝归，爱人霜雪自霏霏。

羊脂铺地平如掌，填尽坳井险途稀。

满载黍穀车辚辚，一鞭响达山争飞。

男儿络绎出沈阳，归来多买毡与绯。

稚子欢笑出门迎，蒸饼肉夹羔羊肥。

围炉妻子话灯前，新剪缯纩整棉衣。

神仙那及田家乐，推出寒山画掩扉。

一官清况农休笑，遍种梅花慰朝晖。

章樾在一组诗中，描绘了桓仁一年四季的气候、农活和其中的乐趣，展现出当年桓仁农家自给自足的田园生活，表达了他对桓仁老百姓的关爱之情和对桓仁美丽山水的爱恋。另外，从诗中我们也可以看出，当时的桓仁人民虽然生活在边远山区，但天高皇帝远，生活还是比较快乐的。

　　在桓仁期间，章樾除了作《劝农四时乐歌》，还为桓仁留下了《初建怀仁县碑记》《修大岭记》《苦边行》等诗赋。这些作品不仅展示了章樾的才华和对老百姓疾苦的体恤，更重要的是留下了桓仁的历史，所以说很珍贵。比如他撰写的《初建怀仁县碑记》，碑文记载了设县筑城之事。碑文颇具文采，"相度形势。览择斯土：两江环带兮，气聚风藏；五岫屏列兮，原敞形固。城象八卦，以宣八风；门开三元，以立三才"，不但词句工巧，而且颇有气势。更重要的是，让作为后人的我们知道了先人的创业之艰。

　　我们现在常讲中国特色，那么中国古时候都有什么特色呢？要我说，中国古时候一个最大的特色就是诗人很多，因为多，所以不可能所有的诗人都是官员，但是所有的官员都会写诗这一点，是不容否定的。官员会写诗，说明这个官员不但有文化，而且有才情。章樾的诗我们不能说写得如何如何好，上得了文学史，但起码他的诗中表现出对老百姓的疾苦有最起码的同情心，表现出一个官员难能可贵的良知。

　　有这样的官员，是桓仁之幸，也是百姓之福。

　　章樾从光绪四年（1878）六月开工兴建桓仁城，历时四年，于光绪八年春竣工。城高一丈三尺、厚一丈，基深五尺、宽一丈，城周三里，墙形八角八面似八卦。东、西、南三面设门，分别名曰"宾阳门""朝京门""迎薰门"。城四面设城楼，四角设炮台。城内建有府衙、监狱、学堂、武庙、寺观等。几年中，城内人口不断增加，不仅闯关东的难民越来越多，就连雇来的民工也有的不走了，甚至把家搬了过来。

修完城垣，章樾又开始修路。多年劳役，民力疲惫，百姓苦不堪言，据说当时有人极力反对，认为老百姓应该休养生息了。但是章樾态度坚决，力排众议："开岭所以便民，便民所以通商，通商所以利赋""不比不急，将焉急乎"。他不辞劳苦，亲自指挥，各保分工，限定时间。短期内便打通三条大岭，修通一条从县城至沙尖子码头六十五公里长的马车道。

章樾在桓仁一共待了五年的时间，工程几乎从未断过。就连章樾这位为民操劳的知县大人，也深感劳役给桓仁百姓带来的苦难，他有诸多的无奈，但为桓仁长远发展计，他只能狠下心来。同时，他也对百姓被劳役所困，深表同情。

他在《初建怀仁县碑记》中写道："民工雇以胼胝，挥血汗兮堪怜。"在《修大山岭记》中写道："今则迫容缓者，庶几一劳永逸，故不敢息吾民也，然又未始不心悯其劳也。"在《苦边行》一诗中吟道："边外无日不飞雪，征夫十指九冻裂。……有妇晨炊吞声哭，情未及问声愈咽。自叹良人昨夜归，冻躯欲死足趾折，客闻更觉心中悲。"

这就是当时桓仁老百姓所遭受的苦难的真实写照。

好在县城建成、道路疏通之后，桓仁经济迅速发展，工商业日渐兴隆，人丁兴旺，生活便利，风调雨顺。特别是凿岭开山，修的那条从县城至沙尖子码头六十五公里长的马车道，给桓仁人走浑江，下安东，去营口，繁荣商贸打下了基础。

远山的呼唤

我从不喝酒，但又盛情难却，只好端起酒杯。

杨国孝的酒肯定是高度酒，一口下肚，胃立刻有一种烧灼感，酒劲上涌，脸也热了起来，加上热热的火炕，头上沁出了汗珠。

看得出，杨国孝是一个少言寡语的人，但一杯酒下肚，话便多了起来，我不时地插上几句，把话题引到我最想了解的方向。

我说，咱们就随便聊，你不是非遗第五代传承人吗？把你所知道的都讲给我听。

杨国孝忙的时候没有时间去回顾自己家族的历史，但是当他被人采访，有人倾听的时候，他多年来的记忆一下子涌上来，亲人的音容笑貌，过去年代的艰难困苦，走过的坎坷之路……很少动情的杨国孝流泪了，他甚至有些不好意思。

他说："我的公司之所以起名叫'远山'，我就想，我的先祖为什么要从开封历经千辛万苦，九死一生来到桓仁这大山里呢？不就是因为这大山的召唤，到这里可以吃饱饭，可以找到幸福吗？"

杨国孝的先祖是河南开封人，大致在清朝的同治年间，杨家兄弟五人挑着担子，各携家眷，背井离乡闯关东。中国人有牢固的故土观念，不到万不得已，绝不会远走他乡。在整个清朝统治的二百多年间，河南的水灾、旱灾、雹灾、风灾、虫灾等，连年不断。特别是黄河水患，给河南老百姓带来巨大的灾难。如果留在开封，几乎没有生路，于是杨家兄弟义无反顾地走上闯关东之路。

对东北人来说，其先祖大都是从山东、河北、河南闯关东过来的。

可是对为什么叫闯关东，为什么把关东叫作清王朝的封禁地，却知之甚少，大多还是从电视剧《闯关东》中了解到一星半点儿。其实真正的闯关东比剧中人物闯关东要早很多年。这里不妨把这段历史概述一下。

事情还要从清朝第三位皇帝顺治说起。

1644年，多尔衮率八旗向北京进发的时候，旗人欣喜若狂，一下子就有几十万人肩挑车拉骆驼驮，跟在皇上屁股后"从龙入关"，到北京享福去了。一下子，偌大个关东瞬间空荡荡。

不过，关东地区乃清朝的龙兴之地，岂能让它衰败下去？所以，清政府审时度势，鼓励汉人移民关东，还出台了一个《辽东招民开垦条例》，说你们到关东去吧，政府给你们奖励，如果你还能带一些人过去，我就给你官做，要是能带上一百人，会文的就来做知县，会武的就封为武备。

那时候，关东在中原人眼里，是一个极其寒苦的地方，风雪肆虐、虎狼横行、土匪出没，愿意来的人并不多。渐渐地，一些先来者发了财，回到故乡一宣传，关东之地，貂皮、人参、乌拉草，到处是宝。于是闯关东的人便渐渐多了起来。关东的人参、东珠、皮货、黄金，被源源不断地运到关内。清朝皇帝慌了神，担心龙兴之地被坏了风水，赶紧下令闭关，从此禁止汉人进入关东。

限制移民的禁令是从康熙、雍正时期开始的，到乾隆时期正式封禁。嘉庆、道光、咸丰三朝不仅严格执行还不时加码。例如，禁令规定："严山海关出入之禁，山海关出入之人必宜严禁，今后凡携眷移居关外之人，无论远近，不准放出。"也就是说，凡是挈妇将雏携带家眷的，肯定是要移民关东定居的，一律不准放行。但是关东毕竟还有一些没有从龙入关的王爷、贵族等人，他们要生存，马上的事他们懂，马下的事他们不会，种地、盖房、修祖坟，这些事还得让汉人来做。所以

"其商贾、工匠及单身佣工三项之人，为旗民所资籍，势难禁阻，原系准其居住"。也就是说，再严格的规定，执行起来，总会有些不得不松动的情况。比如当关内地区出现自然灾害或其他特殊情况的时候，对那些实在活不下去的闯关东的人来说，清政府也不是铁石心肠，有时就松松口网开一面，放他们一条生路，尽管他们携带家眷，没办法，让他们过关去吧。

我们都看过电视剧《闯关东》，这个电视剧的时代背景应该是1905年左右，当时东北的土地上正发生着一场两个外国强盗的战争——日俄战争，距今已经近一百二十年。电视剧中，主人公朱开山的家人分别从水路和旱路来到关东。他们闯关东的时候，已经是清朝光绪三十年，相比杨国孝先祖闯关东，延后了近四十年。

从《闯关东》的电视剧中，我们可以看到，山东百姓闯关东者从山东龙口上船，经过几天几夜，到辽宁的庄河下船，然后从旅顺乘火车到达哈尔滨。这条铁路就是南起旅顺口北至哈尔滨的中东铁路。然后坐马车到达佳木斯的三江口元宝镇。由于交通还算顺畅，他们在路上并不十分艰难。

但是，杨国孝的先祖却不是这样，他们从河南开封出发，路经广袤的华北平原，进入崎岖陡峭、难以逾越的燕山山脉，经傍海道，也就是沿海线路，到达山海关时，已是遍体鳞伤，疲惫不堪。

此时的关东因没有全面开禁，雇工、工匠等可以通关，但不准携带眷属。而杨国孝先祖兄弟五人可是拉家带口，有二十余人，这是不可能通关的。

要通过山海关，就要有官府的通关文牒，杨家的先祖哪里有这通关文牒呀。据史料记载，当时过山海关的人，如果拉家带口，就有人暗中为你操作，递上一定数量的银两，就会有人为你办理通关文牒，就可以顺利过关。但是那时闯关东的人，大都是活不下去的穷人，他们一路风餐露宿，一走就是数月，仅有的盘缠已经所剩无几，哪里还有什么银子贿赂守关的官兵呢。

于是又生出一条路来，那就是"暗度陈仓"，只需花少量的银子，就会有"穴头"带领，在月夜时，沿长城脚下找到豁口处，偷偷翻越长城出关。那时大批的闯关东者，就是这样"闯"过来的。

但并不是过了长城就万事大吉，长城的那一边还有官兵巡逻，遇到有偷闯关的人，他们也会追赶。偶尔抓到后会遣返关里，而大多是象征性地追追而已。若要认真起来，就不会有人在关东落户了。

闯过长城，除了官兵追赶，辽西一带还多有土匪，发生抢劫是大概率事件。很多人躲过了官兵却没有躲过土匪。东北人把土匪称作"胡子"，胡子是东北的一大祸害，存在多年。《闯关东》电视剧中朱亚文和鲜儿走的是旱路，在辽西就遭遇了土匪。不过，辽西的胡子也有一个特点，只要你不反抗，他不会要你的命，而且钱财也并不全部抢光，他抢一点，还给你留下一点。

提到闯关东，有人曾问，是什么原因让那些闯关东的人，从河南、河北、山东来到东北，有的落脚辽宁，有的落脚吉林，有的落脚黑龙江，有的在城市，有的在深山？是什么样的机缘让他们做出这样的选择呢？

有一个词叫"机缘巧合"，所有闯关东的人，当他们踏上闯关东之路，就把选择交给了命运。《闯关东》电视剧播出后，网上曾有一个关于这个问题的讨论，许多网友都用自己家的例子说事，因为有趣，这里不妨多摘录几段：

要不说懒有懒的好处，我的祖上闯关东，走到北京走不动了，现在一家子是北京户口。

我的太爷走到一个荒郊野岭走不动了，结果那个荒郊野岭现在是北京海淀。

我家的祖上可就太勤快了，一口气走到小兴安岭。

姥爷都走到朝鲜了，幸好姥姥走不动了，要不然一家子现在都是外国人了。

我家老祖宗从山东翻山越岭走到辽宁，看到辽河平原一马平川正好能种地，所以我们成了黑山人。

我爷爷的爷爷的爷爷从河北枣强县逃荒到现在的北京二环内，见这里有地没人种，自己搭了个窝棚，就在那里安家了。

唉，我爷爷是安徽黄山的，身体好，一直走，走到阿尔山来了，我就想问哪来的勇气这么能走，不能在北京停下来吗？

我爷爷本来也是要闯关东的，从河南出发，结果走错了方向，一口气走到了江西，现在我们成了江西老表。

我先祖勤快，从山东一直走到长白山，在一个大山深处安家了，到现在想出趟门都得步行两小时才有车。

你们都是自己闯的，我们这一支是被土匪劫来的……

社会就是这样，三十年河东三十年河西。尤其是农耕社会，人的生存是第一要务，有地种，有饭吃，就是最好的选择。

祖辈的传奇

从开封到东北，真可谓"八千里路云和月"，道路曲曲折折，算上去，也有将近三千里。就这样，杨家先祖从开封出发，到山海关失散，再落脚桓仁二棚甸子，至杨国孝这辈，已经历经五代，历时一百多年。

杨国孝说，先祖兄弟五人失散后，他的先祖杨作云也曾四处寻找过，但怎奈关东太大，人烟太少，道路不通，只要失散，便很难找到。先祖杨作云带着儿子杨延春只好落户到了二棚甸子。

采访杨国孝的时候，杨国孝总喜欢说种人参讲究一个"缘"字。的确如此，先祖杨作云也是机缘巧合，与人参结下了"缘"，把自己炼成了一个经验丰富的老把头，不仅走遍了桓仁的山山水水，而且集安、通化等长白山地区也都留下了他的足迹。并且在放山过程中，他逐渐形成自己独特的祭山仪式，然后传给了儿子杨延春，再由杨延春传给了杨国孝的爷爷杨德林。

杨国孝告诉我，到他爷爷杨德林这一代，已经成为二棚甸子甚至桓仁有名的参把头，同时也是二棚甸子比较有钱的大户。因为杨国孝的爷爷杨德林不仅放山，而且还历经千辛万苦，下浑江、走丹东、去营口，做起人参和药材生意。

说起下浑江、走丹东、去营口做药材生意的事，这全得益于当年桓仁第一任知县章樾所修筑的马车路。这条路从桓仁县城起，至二棚甸子，再到沙尖子。当年章樾把这条路分成数段，每一段都由那段路附近的保长负责，招募当地民工筑路。

但是，章樾修路，不仅资金不足，人工也不足，既要老百姓捐钱，也需要老百姓出工。杨国孝的先祖不可能置身局外，免不了也是要捐钱出工的。俗话说，"前人栽树后人乘凉"，先祖杨作云虽然没有更多地享受到这条路带来的便利，但却为后人杨德林走出大山做药材生意打下了基础。

现代人修路，凿岭开山，可谓轻而易举，大型机械设备开到现场，看不到干活儿的人，短时间里，便见桥墩竖起，便见道路从山洞钻出。而章樾时代修路，全是人工，劈山凿岭，钢钎铁锤是最好的工具，但风险极大。章樾的诗文，对所开凿的大岭之险峻都有生动的描写，比如葡萄架岭"架空而难行，高插云际"。《桓仁县志》也有对石头峦盘岭的描写"石头峦盘岭天险也，形势雄壮，乱石攒空，颇有层峦高嵩之状"。在这样险峻的高山上修路，会修成一条什么样的路呢？"经知事章公传集民夫，断岭凿山，筑成折道，行如之字，前后二十余盘，回旋络绎，如缕穿珠"，也就是说，大岭之上，全是胳膊肘弯。

受经费和时间所限，当时的石头峦盘岭路尚未修完善，不但车马走起来困难，就是人行到此也是望路兴叹。此山有一道观，观里有一道人，叫徐国清，见此状，发誓筹款重修。经过他几年的不懈修整，终于将路拓宽，折道也少了十余盘。

浑江是鸭绿江最大的一条支流。它发源于吉林长白山支脉龙岗山西老岭西北岔，在汇聚富尔江后进入桓仁境内。几经弯转进入宽甸，汇入鸭绿江。沙尖子位于桓仁县城东南，从桓仁到沙尖子这条路，全长六十五公里。有了这条路，沙尖子的航运便迅速发展起来，桓仁、通化、新宾等地的农副产品，特别是桓仁出产的木材、山货、药材、苞米、大豆、豆饼、杂粮，都从这里运出，外面的日用百货商品，像大盐、煤油、百货、面粉、香烟、布匹，甚至锅碗瓢盆等，都从这里运入。

沙尖子有了码头，有了航运，就有了商机，商人们纷纷涌来，造船养船的、开客栈的、开饭馆的、开仓储的、开大车店的、酿酒的、开杂货铺的，可谓客商云集。有的还盖起了二层小楼。街道上人欢马叫，叫卖声、收粮声、算账声，声声入耳。沿江一带忙于装船的、卸船的、抛锚的、起航的，一派繁忙。这里江面开阔，江面上的船一艘挨着一艘，还有好多木排连在一起，像曲曲弯弯的长蛇阵。

这些船被称为"槽子船"，大的可以装百石粮食，小的可装七八十石，远远看去，桅杆林立，像一片砍光枝叶的树林，船帆横挂在桅杆的底部，仿佛在积蓄力量，等待扬帆远航。

人们看到很多下浑江、走丹东、去营口的人，回来都发了大财，其实那都是经过九死一生，拿命换来的，杨国孝的爷爷当然也是如此。

沙尖子这段水路还算平稳开阔，可是，一出沙尖子便有很多险要。桓仁山大沟深，水流湍急，怪石林立，其凶险之处，被称为"哨"，不用描述，单就听那名字，你都会惊出一身冷汗：棺材梁子哨、阎王鼻子哨、牤牛哨、太平哨、老虎哨、秋皮哨、满天星哨……这还不算，隐没江中的大礁石，伸进江里的山嘴，一不小心撞上就会人仰马翻，船沉江底。

桓仁作家高崇的先祖就是第一个在浑江上开辟航运的人，他小时候听奶奶说："你爷爷回来一趟，咱家半拉小炕都是银子。"但是赚也"萧何"，赔也"萧何"，一旦遭遇风险，就立刻变得一无所有。他爷爷便是，在牤牛哨撞上巨石，在鸭绿江遭遇台风，十船货物沉入大江，立刻倾家荡产，几十年所攒的家业，化为乌有。

著名作家张正隆在他的《人望幸福》一书中，对浑江的船工有一段精彩的描写：

> 　　大铆子根据旗船的航迹和自己的经验，随时下达命令，使船保持最佳航线，同时不能使船打横，江水太急，打横船必翻。……水声，桨声，号子，白浪翻卷，生死赔赚一瞬间。过哨了，人们欢呼着，有的铆子嫌不过瘾，一个猛子扎进江里，扑腾、发泄一番。刚上船的铆子，坐那儿脸色煞白，找不着北。撞哨了，一阵惊呼，没撞死、没淹死的，抓块船板顺流而下，待到水缓处挣扎上岸……

这就是船工的生活，而那些随船而行的货主，又何尝不是九死一生呢？

从桓仁沙尖子出发的船，到安东六道沟码头靠岸，码头就在今天的鸭绿江大桥附近。这座大桥是日俄战争时期日本人修筑的，抗美援朝期间被美国的飞机炸成了断桥。

去营口做生意的人一般从安东雇大车，一路经大孤山、岫岩、海城、大石桥，最后到达营口，全程至少有500多里地，快走也要三天。

营口位于渤海之东，大辽河入海口，原本叫没沟营，因英国人在此处开埠，被称作没沟营口岸，简称营口。营口是中国东北近代史上第一个对外开埠的口岸，英国、法国、俄国、日本、德国、美国、荷兰、丹麦、挪威、奥地利等国都曾在营口设立过领事馆或领事机构，成为东北最早开放的繁华之地。

杨国孝的爷爷来到营口做药材生意，是因为营口有东北最大的药材交易市场，也是最早的药材交易市场之一。当时的营口码头建有"大屋子"，其实就是仓库，客商把货物运到营口进行交易前，都存放到仓库里。

开埠初期，货物都是露天存放，后来商贸繁忙，货物增多，就有人看到了商机，买下码头附近的空地，用砖头盖了一些"大屋子"。有了大屋子，货物日晒不到，雨淋不到，房主赚钱，货主省心。大屋子不但存放货物，主人还帮你介绍行情，推销产品。大屋子里面存放的货物可谓应有尽有，有玉米、大豆、药材、茶叶、布匹、丝绸、染料、山货、面粉、烟酒糖茶、日用百货等，和现在各城市建在郊外的物流仓储中心差不多。

药材商把卖人参叫"出货"——因为忌讳，所以不说"卖参"而说"出货"。交易双方一般是"袖里论价"，交易双方的衣服有着宽大的袖子，两人把手伸进袖子里，面无表情地在袖子里讨价还价。谈不妥，各自走开；谈妥，则面露微笑，这时便有一中间人走上前，吆喝一声："成交。"大宗的货谈妥后是需要中间人的，免得反悔。只要中间人说声"成交"，这就是铁板钉钉，进到大屋子里，一手钱，一手货。货钱两清，概不退还。

在这种买卖方式下，没有几年摸爬滚打的历练，在这片"江湖"上是很难立得住脚的。杨国孝的爷爷杨德林，以他的诚实、守信、助人，打下一片天地。

到营口做生意的人回来时走的是旱路，如没有什么意外情况，大概需半月有余。

水路惊险，旱路也难。现在很多人几乎没听说过"滴台道"这个词吧，从营口到安东这段路尚可，但是从安东返回桓仁，则是沿浑江而行，大部分走的是"滴台道"。路上的生意人络绎不绝，他们肩扛、背驮、担子挑，有的结伴而行，有的独自走。个个都赚了钱，人人心情大好。

　　"滴台道"，从字面解释，好像是水滴在石台上，但这并不能反映出"滴台道"的艰险。也有人解释说"滴台道"是满语，是"在江岸悬崖峭壁上所建的道路或栈道"的意思，这个解释倒有些贴切。

　　世上本无路，路是人走出来的，但是"滴台道"却是开辟出来的。它不同于小毛道，它是在悬崖上凿出来的，峭壁处削出来的。还记得当初顺江而下经过的那些哨吗？船在江里，哨在岸上。而现在，人就在那些怪石巉岩之中小心翼翼战战兢兢地攀爬。顺江而下时，棺材梁子哨、阎王鼻子哨、牤牛哨、老虎哨，那是望之生畏，闻之丧胆。而现在，则是零距离行走其中，如同火中取栗，虎口拔牙，那是战战栗栗，如履薄冰。窄处，侧身而过；低处，匍匐前行；狭处，把货物抱紧怀里，后背紧贴崖壁；高处，手脚并用，奋力攀缘。脚下大江滔滔，汹涌澎湃，涛声震耳，崖壁水滴如注，浇湿头顶，双眼迷离。看江里，行船如秋叶；望前路，行人如蝼蚁。

　　有一首关于"滴台道"的民谣这样说道：

阎王鼻子滴台道，
断头砣子两头哨。
天梯江界最难熬，
棺材梁子咧嘴笑。

无须亲历，只听这歌谣便让你腿软。

　　爬过一座山，过了一道梁，再闯过一处哨，一路上晓行夜宿。所谓夜宿，无非就是走到一块平坦一点的地方，或坐或卧，于山岭之中对付一宿。没有人敢夜行，稍有不慎，就会跌入江水，被洪流吞噬，此事年年都有发生，无法杜绝。难怪人说"阎王鼻子滴台道"，果然名不虚传。

杨国孝说，爷爷有一次从营口回来，过了安东，进入宽甸，快到桓仁，结果路遇暴雨，一下就是七八天，山洪暴发，道路阻隔，山体滑坡，江水暴涨，道路堵塞，舟楫不通。这股山洪夹杂着山石，发出轰隆的响声。杨德林知道，这样的山洪在前面的路上不知有多少处，它们从山上奔流而下，汇入山谷，阻隔道路，人无法逾越，只能静待大雨停后，山洪渐渐退去。断了粮草的，突发疾病的，那些几天前还兴致勃勃往家赶的人，此刻沮丧到了极点，甚至有些精神崩溃。人被困在山上半月有余。

本来，返回的客商为了多买些物品，一般携带的食物不多，遇如此大的暴雨山洪，很多人的食物早已用尽，弹尽粮绝。而杨德林却胸有成竹，他一点都没有慌，多年的放山生涯让他有足够的经验应对各种突发状况。在大雨间歇的时候，杨德林便外出找些山菜、野果。可是接下来几天，附近的山菜、野果也很快被人吃光。杨德林便突发奇想，采来蜂蜜，加上草药、人参须，熬制一种补品，喝下去，精神倍增，并起名"人参蜜补液"。洪水退后，人们开始上路，很多人如大病一场，走路摇摇晃晃。而杨德林的身体感觉比暴雨前还强健，虽然负重前行，路途崎岖，但身轻如燕，健步疾行，路人无不惊奇，啧啧称赞。

杨国孝说，他现在的人参产品之所以在市场上大受欢迎，就是在爷爷杨德林配方的基础上进一步研发的。

爷爷杨德林因为走南闯北，增长了见识，认识到读书的重要。所以他便在儿子杨玉增七八岁的时候，送其进私塾念书。念了三年私塾之后，杨德林又送杨玉增到当时桓仁县城最大的商号大德全当学徒。

大德全几乎包揽了桓仁县的大部分生意，典当、百货、布匹、药材、毛皮、粮油、药材、日用品，等等。甚至把生意做到了通化、集安、安东、营口、沈阳、北京、天津等地，信誉极好，规矩极严。若能把孩子送到大德全里当学徒，那是极有面子的，当然也是相当难的，人家轻易不收，收了若见你不适合，立马辞退，毫不客气。

旧社会在商号当学徒，门槛还是比较高的，不是你想去当学徒就能去的，要有一定的关系，要有一定的家庭背景，要有熟人担保，然后人家还要对你进行考核。《闯关东》电视剧中，传武、传杰被母亲送去当学徒，是因为在从烟台去庄河的船上，救了老板一命，人家是为报答救命之恩才收下这哥儿俩进门做学徒的。尽管报恩，人家也还是进行了考核，让两人用毛笔各写一幅字。弟弟传杰写得好，人家二话没说，马上收留；而传武根本就不会写字，人家就不愿收留。

杨玉增因为上了几年私塾，字写得好，人也长得秀气干净，掌柜的看了很喜欢，便留下了。

老一辈人大概还记得，二十世纪六十年代的时候，商店售货员的地位还是很高的，国家有关部门推出一批又一批先进售货员，不但评上劳动模范，还在全国宣传他们的先进事迹，说他们苦练本领，技术过硬，糖果抓一把就知道几斤几两；用手拃一下，就知道布匹几尺几寸。

其实，如果从解放前的商号来看，这些都是雕虫小技。那什么才是真功夫呢？

大德全里的学徒，抓一把知道几斤几两，拃一下知道几尺几寸，那都不算什么，很容易掌握的，不难，难的是验货的经验，要练就一双火眼金睛。比如收来一张皮子，一搭眼就要知道这是什么物种的皮毛，几岁的年龄，皮子熟得怎样，应是几等；再比如，收一棵人参，一搭眼，就知道是山参还是园参，就知道此参芳龄几何；尤其是难以辨认的稻米，看一眼稻米，就要知道产地在哪里，摸一把就知道含水量是多少；而最难的还数茶叶，茶叶产在南方，品种复杂，质量不一，对喝凉水长大的东北人来说，实在是太难了。什么绿茶、红茶、乌龙茶、白茶，春茶、夏茶、秋茶、冬茶；什么西湖龙井、洞庭碧螺春、信阳毛尖、安溪铁观音，没有几年工夫你很难搞得清楚。

学徒第一年不给工资，只管吃喝，到年底时给几元的赏钱，杨玉增一学就是三年。第一年在店里干的都是杂事，端茶倒水、铺床叠被、扫地盛饭，给掌柜的打洗脸水、装烟袋，甚至给掌柜的一家倒尿罐子。

杨玉增记住父亲的话，当学徒要长眼神，不能人家喊你了你才到，要察言观色，掌柜的想要什么还没说，你就要想到做到。老板拿起烟袋，你那边就赶紧把烟笸箩递过去；客人来了怎么招呼，客人走了怎么送客，大人怎么称呼，女人怎么称呼，孩子怎么称呼，这些礼节都要铭记在心，不出差池。

杨玉增在家里的时候，虽然也挺勤快，常帮助母亲干些家务，干些地里的活儿，但毕竟年纪尚小，加上父母疼爱，好多活儿还是舍不得让他去做的。但是在大德全店里就不一样了，几乎从早忙到晚，吃饭最后上桌，最先下桌，给其他人端碗盛饭，收拾饭桌，洗碗刷锅，挑水劈柴，扫地擦灰。天不亮就得起来，天黑黑的别人屋里都传出呼噜声了他才能上炕。

第二年杨玉增开始站柜台，他很快就把柜台里的商品名字、价格、产地摸得一清二楚。一般人都以为站柜台是一件极简单的事，其实那可是硬功夫。想想看，每天要站十多个钟头，而且身姿要正，不可东倒西歪，不可摇头晃脑，不可把手支在柜台上，手指不可敲击桌面，不可打瞌睡，不可和其他伙计唠闲磕。若说累了我歇会儿，那好，你回家歇去吧。

店里的好吃的好用的，店员再饿再馋不得碰一下。《闯关东》中的朱传武在店里打扫卫生的时候，看到一个黑色的木匣子，十分好奇，打开一看，原来是一棵老山参。他知道这是个好玩意儿，揪下一段须根，放到嘴里，感觉不错，挺好吃的，便三口两口把这棵老参全吃进肚里。吃过后，鼻口蹿血，吓坏了，以为自己要死了。老掌柜的看了，说："不必了，他偷吃了我的老山参，给他熬点绿豆汤，解解就好了。这孩子，一点出息都没有。"掌柜的还说："他不是做生意的料，心不在这，留他在这里，也委屈了他，还是让他干想干的事吧。"就辞退了他。大德全也是这样，各种麻花、槽子糕、绿豆糕、月饼、果子，香味诱人，有的伙计架不住香味的诱惑，因为偷吃几口掉下来的碎渣被发现而辞退。

杨玉增是个自尊心很强的孩子，学《论语》的时候，记住孔子的一句话："贤哉回也，一箪食，一瓢饮，在陋巷，人不堪其忧，回也不改其乐。"还有《礼记》中的"不食嗟来之食"，铭刻在心，所以杨玉增就是饿死，就是再馋，也不会碰一下、尝一口店里的货品。

第三年，杨玉增才开始进入业务，学习采购、储运、财会，让他抄录往来信件和伙食账。没事的时候，要练习算盘，写毛笔字。三年学徒期满后，尽管掌柜的很喜欢他，但父亲杨德林没有让他继续在大德全干下去。因为杨德林独自闯了几次营口之后，他发现，帮人做生意倒不如自己做。

大山里的新货郎

杨德林去世的第二年春，桓仁解放。

桓仁是1947年3月17日解放的，那年杨国孝的父亲杨玉增二十四岁。

从整个辽宁来说，桓仁解放是比较早的。本溪市是1948年10月31日解放的，而桓仁县比本溪市早十九个月，一年半多的时间。

有一张1947年3月17日的《东北日报》，在头版头题的位置报道了桓仁解放的新闻，标题是《南北满胜利交辉，我军收复桓仁，通化陷入我军三面包围》（"我军收复桓仁"为大字）。报道如下：

> 与松花江畔歼灭蒋军七十一军八十八师，击溃蒋军八十七师大捷遥相辉映，东北民主联军辽东军区部队，于今（十七）晨七时一举攻克安东省通化西南约七十公里之桓仁县城，该城系为蒋军七十一军九十一师所部于去年十月三十一日侵占。弃城逃窜蒋军正被追击中，战果待查。至此，自上月下旬以来，安东省已有金川、柳河、辑安、辉南及桓仁五座县城重归人民控制。

解放桓仁的这支部队是东北民主联军辽东军区四纵队十一师，师长叫蔡正国。此人在辽沈战役后，参加平津战役，随军打过长江，一直打到海南岛。朝鲜战争爆发后，蔡正国率部入朝，任中国人民志愿军五十军副军长，1953年4月12日在朝鲜战场牺牲。

解放后的桓仁，呈现出一派新气象，发动群众土改、参军、发展生产、支援前线，迎来全国解放战争的胜利。

此时的杨玉增，年轻、有文化，在村里当了文书，因为政治坚定，加入了中国共产党。虽然年纪小，但他宣讲党的政策讲得好，很受村书记器重，带着他到各家各户动员参军、筹备支前物资、参加土地改革、起草文件、告示、书信、契约，开证明、写材料等，样样拿得起，忙得不亦乐乎。

当时的桓仁虽然解放了，但周边很多重要城市还在国民党手中，一些地方的土匪和地主武装还很猖獗，时常对地方干部下黑手，不时有一些干部牺牲的消息。所以，杨玉增虽然是一个小小的村文书，也是脑袋别在裤腰带上干革命。

杨玉增的媳妇，也就是杨国孝的母亲，她家也是闯关东来到二棚甸子的。一家人随着大批闯关东的人，浩浩荡荡来到东北。她父亲有手艺，是做馒头的，经他手发出来的面，蒸出的馒头又白又大又好吃。她家闯关东和别人不一样，别人是活不下去，匆匆忙忙，急三火四，忍饥挨饿闯关东。她家则是不紧不慢，一路蒸着大馒头，做着小生意，摇着拨浪鼓走到辽东，最后把家安在了二棚甸子。

新中国成立后，全国都在组建农村供销合作社。因为有了大德全学徒的经历，杨玉增成了二棚甸子难得的经商人才，被委以重任，二棚甸子组建供销社的任务就落到了杨玉增的肩上。

现在的人很少知道什么是供销社了，当年供销社在中国尤其是农村乡镇，有着极其重要的地位。是中国发展经济、保障供给的支柱，是连接城乡、联系工农、沟通政府与农民的桥梁和纽带。对新中国恢复国民经济、稳定物价、促进农村经济发展、改善农民生活、引导农民走社会主义道路，起到了不可替代的作用，成为国家支持农村的重要的经济组织。它的业务范围包括农资销售和农产品收购，以及政府计划的农产品交付。此外，供销社还对一些农副产品进行加工和销售。

既然叫合作社，那就是合伙做生意，而不是强迫做生意。所以就要动员农民入股，动员当地的群众加入。供销社是新生事物，农民认识不到它的作用，那就得进行宣传、动员。这方面，杨玉增工作非常出色。过去像大德全那样的买卖已经不适应社会主义公有制的体制，都实行了公私合营和社会主义改造。一些个体跑买卖的人也都销声匿迹，农民的生活用品从哪里来？只能从供销社这唯一的渠道来。而且农民产的粮食、农副产品，到哪里去卖？只能到供销社。

有的农民不愿入股，说："要什么供销社，我自己种地种菜，不就全都解决了嘛。"

杨玉增告诉他："你是自己解决了口粮，解决了蔬菜，可你种地用的种子、农具到哪里去买？你做饭的锅，炒菜的勺，酱油、咸盐到哪去买？你穿的衣服，做被子的棉花，穿的鞋到哪去买？还有你们过年过节喝的酒到哪去买？还想像过去有小商小贩，别想了，都取缔了，只能去供销社。"

二棚甸子的人都知道杨家的为人，他们相信杨玉增的话，加上听说这个供销社就由杨玉增负责，便纷纷加入。他们说："我们就信你杨玉增的。"

供销社成立时，杨玉增选址选在二棚甸子镇里的中心地带，在房子上写上"发展经济，保障供给"八个大字。"发展经济，保障供给"是毛泽东在抗战时提出来的，新中国成立后已经成为商业部门工作的指导思想，也成为供销社的标志。现在如果在农村乡镇看到写有"发展经济，保障供给"字样的房子，不用问，当年这里一定是供销社。

选好了房子，还要选人。杨玉增选人非常严格，他选那种品德好、勤快、待人礼貌、忠厚老实的人。那种好吃懒做，不爱干活儿的二流子，坚决不要。

选好了人，杨玉增就对这些人进行业务培训。杨玉增在大德全学徒时业务一流，这时全用上了。一把抓，糖果不差一块；布匹不用尺，用手拃，不差一分。货物怎么摆，账目怎么记，都是有规矩的。算盘不仅要学会加法，还要学会减法、乘除法。这让那些没有文化的售货员犯了难，起早贪黑地练，练不会不能上岗。

二棚甸子一下子就热闹起来。供销社分成多个业务组，副食组、五金组、衣帽组、农资组、百货组、日杂组、废品组，最大的百货组有四五百平方米，后来渐渐扩大，有的组就分出去，另起炉灶。后来又组建了二棚甸子各个大队的供销社代销点，接着又去组建其他乡镇的供销社。几年中，桓仁县大部分乡镇的供销社，都是杨玉增一手筹建的。

当时的办公条件非常简陋，找村里的木匠砍几棵树，做成柜台。包装用的都是纸绳，稿纸正反面用，大头针掉地上一定要捡起来，墨水也要省着用。杨玉增要求售货员节约办供销社。他说，我们的一切费用，都是农民的血汗钱，浪费是最大的犯罪。

那时候供销社的售货员都服装统一，白衣服、蓝裤子，衣服上插一支钢笔，这套装束，在当时的二棚甸子那可是最时髦的装束，穿上去，小伙儿帅气，女孩漂亮。

1963年8月13日，《人民日报》刊登文章《克勤克俭办好供销社》，随后又发表《山里人心上的供销社》《一根扁担两条绳》等文章，在全国引起强烈的反响。尤其是"扁担精神"，让供销社人员备受鼓舞。所谓"扁担精神"，在那个交通不便的年代，供销社职工硬是用一根扁担、一副铁肩、一双脚板，挑去了农民需要的生活物资，挑出了群众向往的幸福生活。他们爬山越岭，靠着一根根扁担，架起了连接城乡的桥梁。

现在六七十岁的人，都熟悉当年著名歌唱家郭颂的那首歌《新货郎》。这首歌不仅曲调好听，歌词也非常贴地气，而且幽默风趣：

哎……
打起鼓来，敲起锣来哎，
推着小车来送货，
车上的东西实在是好啊！
有文化学习的笔记本，
钢笔、铅笔、文具盒，

姑娘喜欢的小花布，小伙儿扎的线围脖。

穿着个球鞋跑得快，打球赛跑不怕磨。

秋衣秋裤号头多，又可身来又暖和。

小孩用的吃奶的嘴儿呀，

挠痒痒的老头儿乐，

老大娘见了我呀，也能满意呀！

我给她带来汉白玉的烟袋嘴呀，

乌木的杆呀，

还有那锃明瓦亮的烟袋锅来嗨呀。

老大娘一听抿嘴乐呀，

心思货郎的心肠热。

我想买的东西你车上没有啊！

大娘我工作在托儿所，

给孩子做点针线活儿，

这孩子一多没管住啊，

把我的镜腿给掰折，

我能描龙，能绣凤，

离开花镜就没辙。

常把鞋里儿当鞋面儿，

常把鸭子当成鹅。

啊老大娘不用再说了哦，

我明白了，您是上了年纪眼神儿弱，

想买花镜不费事呀，

得等到明天风雨不误送到你们那个托儿所，

还给您捎来那眼镜盒呀!

金色晚霞照山坡呀,

货郎我推着空货车,

乡亲们亲亲热热送到村子口啊。

送货不怕路途远,翻山越岭过大河。

站在桥头四下望,是珍珠玛瑙挂满坡。

……

　　这首歌讲的就是农村供销社售货员送货下乡的故事,也是当年供销社送货下乡为农民服务的真实写照。

　　在杨玉增的带领下,他们供销社的人挽起裤脚,不辞辛苦,肩挑背扛,送货下乡,送到田间地头,送到桓仁大山里的沟沟岔岔。

　　到二十世纪六七十年代的时候,供销社的作用就越来越凸显了。那时候由于物资紧张,和人民群众生活相关的商品都要凭票供应,买肉有肉票,买粮有粮票,买布有布票,买棉花有棉花票,甚至烟酒糖茶,也要凭票供应。尤其粮票,一般发给的都是省内的粮票,如果出省,还要把省内的粮票换成全国粮票。如果没有全国粮票,你连饭都吃不上,有钱也没用。

　　那时候粮食短缺,城镇里每月供应的粮食有定量,还分细粮和粗粮。有些家庭孩子多,粮食不够吃,就把每月分配的细粮在黑市里换成粗粮。还有的家庭把分到的布票、棉花票也换成粮票,宁可不穿不盖,也别饿着。很多老百姓生活艰难,杨玉增看在眼里,急在心上。特别是他送货下乡的时候,看到有些偏远的生产队,连咸盐、酱油都买不起,一年到头没有一分钱的收入。

杨玉增便想通过扩大供销社的经营，让农民通过多种经营，增加点收入。他要求供销社以及各代销点，只要能收的一定收，不要嫌少，不要怕麻烦。有些家庭困难的学生，上山打槐树籽，捡废铁、碎玻璃、牙膏皮，少则卖几毛钱，多则卖几块钱，用来买铅笔、文具盒、田字格本和小人书。

现在二棚甸子几乎家家都有汽车了，甚至像摇钱树村的村民，一家都有好几台车。但是那时的二棚甸子镇，除了镇上有一台解放车，再就是杨玉增的供销社有一台老解放。这台车，被杨玉增充分地利用起来。

一个地区的经济活跃程度，和这里的主管人有很大关系。杨玉增因为在大德全做过学徒，知道货物流通的重要性，而且多年的经营，让他有很多老关系。他知道辽南一带产苹果和梨，运输和保存都需要编筐，编筐需要杏条。而桓仁的大山里，这种杏条遍地都是。

在辽东的大山里，农民过日子离不开杏条，无论走进哪一家，都会看到几只大大小小杏条编的筐。尤其大年三十晚上煮饺子，必须要用杏条烧火。杏条烧着的时候，像放鞭一样噼噼啪啪直响。"杏"者，"兴"也，要的就是这个"兴"字，明年日子一定兴旺发达，红红火火。

于是杨玉增让二棚甸子的供销社以及各村的代销点，大量收购杏条，这让老百姓很高兴，上山割下来，一捆一捆地卖给供销社，有了收入，贴补家用。

然后杨玉增亲自押车，拉着这些杏条直奔辽南。

从桓仁去辽南，山高路远，盘山道众多，一走就是十几天。舍不得住宿钱，就在车里对付一宿。舍不得吃饭钱，就自带干粮，自备水壶。路上车出了故障，就和司机一起修。

这些杏条运到辽南，换成苹果，换成带鱼，再把这些东西一车一车运回来，卖给二棚甸子的老百姓。所以，那时候虽然物资短缺，但杨玉增会调剂，极大地丰富了当地老百姓的物质生活。

到二十世纪八十年代初，中国改革开放不断深入，中央也出台各项政策，鼓励农民自主创业和发展多种经济，从事多种不同的经营活动，比如种植、养殖、加工、销售等。这些活动可以通过合作社、家庭联产承包责任制等形式进行。此外，政府还提供一系列支持措施，如贷款、补贴和技术培训等，以帮助农民更好地实现多种经营。

这个政策可以说是一个划时代的里程碑，把农民从土地的束缚中解放出来。有政策，就有政府机构跟上来，镇政府成立了多种经营办公室，杨玉增被抽调上来，抓二棚甸子的多种经营活动。

杨玉增多年学徒经商以及新中国成立后的供销社生涯，这回派上了用场。

回想起父亲杨玉增在供销社的那段工作经历，杨国孝说："父亲那些年兢兢业业，经常出差，有时一走就是十天半个月，家里全交给了母亲。从我记事起，母亲就是再苦再累，也没有一句怨言。"

杨国孝说："父亲这人太坚持原则了，一点都不给领导面子，谁想从他那里走后门，买点紧俏商品，没门。在他看来，他一不求升官，二不求发财，三不求离开二棚甸子，还能咋的。所以有一年县里调他到县商业局，他坚决不去。因为老家就是这里，孩子都在这里，老家的亲属都在这里，他舍不得离开。

"而且，父亲非常廉洁，那是一个物资奇缺的年代，父亲手里掌管大量物资，应该是那个时代比较有实权的人。但是父亲从来不占公家一分钱，不拿公家一针一线，别人有的我们才有，别人家缺的我们照样缺。

"那时候供销社每年都有新自行车，是上级发下来的工作用车。但是父亲从来都是把新车让给其他同志，自己就一辆旧金鹿，一直骑到退休。还有，二十世纪八十年代因为住房紧张，各单位都自筹资金盖房子。父亲多次主持供销社盖房子，但每次分房子的时候，父亲都把房子分给最需要的老职工和刚参加工作的年轻人。在他看来，这些人最需要房子，而他从来没为自己分过一次房子。职工都说，'杨主任从来想的都是职工，跟这样的领导干，是咱们职工的福分。'"

化
茧
成
蝶

恶狼的传说

我对杨国孝说："你不忙的时候带我去你老家二棚甸子看看吧。"

杨国孝说："好啊，我也好久没有回老家了。"

吃过中午饭，杨国孝忙着把干活儿的人送上山，很快回来，招呼我说："王老师，走，下午没什么事情，我带你到二棚甸子看看去。"

从摇钱树村山参谷到二棚甸子，大约一个小时的路程。一路上，杨国孝兴致勃勃跟我讲起他小时候的事情。

杨国孝是1963年出生，这个时候出生的人，都是比较幸运的，因为他躲过了三年困难时期。

一个人到了六十多岁的时候，喜欢回忆过去的事，讲讲过去的经历。只是，这样的机会很少，因为现在的年轻人，很少会愿意坐下来，听一个长辈没头没尾地絮絮叨叨。而我，却以极大的热情，听杨国孝把自己的人生经历，详详细细地说给我听。

杨国孝的老家在二棚甸子，自从高祖那辈闯关东落脚二棚甸子，到他这，一传就是五代，一百多年，一直没有离开过。后来父亲因为工作，需要到各乡镇组建供销社，就把家属带着，到六十年代初，又回到二棚甸子，杨国孝就是在二棚甸子出生的。

在桓仁，二棚甸子是除了桓仁县城之外最大的一个镇了。它的大是因为这里是矿区，开始的时候叫桓仁铅矿，后来改成桓仁铜锌矿。

桓仁铅矿是1935年由一家日本企业创办的，生产的铅被用于生产军事用途的硫酸铜和金属铅等。1945年日本投降后被苏联红军接管。新中国成立后，桓仁铅矿不断扩大和改进生产设备和技术，到二十世纪五十年代，桓仁铅矿已成为中国最大的铅锌矿之一，在中国铅锌产业中居于重要地位。然而，到二十世纪末，因资源枯竭，资不抵债，于1999年宣布破产。

但是在杨国孝小的时候，因为这个国家大型企业的存在，十里矿区，盛极一时，号称群山之中的"小香港"，让二棚甸子名噪一时。

杨国孝上学的时候，正值"文化大革命"时期，学校不是学工就是学农，没上几天课。杨国孝小时候很淘气，他所在的那个班又集中了全校最调皮的学生。在低年级的时候，他们这些娃娃学生就敢向高年级学生挑战，尽管高年级学生比杨国孝他们高出一头。凡是带这个班的老师没有不头疼的，即使校长也是一样。

老师们都绞尽脑汁地想办法，希望能将这些学生身上的消极因素化为积极因素。其间有一个聪明的老师，一看杨国孝在班里挺有威信，好多调皮的学生都围着他转，就让他来当班长。你别说，杨国孝还真的把班级管理得井井有条。当时有高年级的几个学生欺负他们班同学，杨国孝带着班里的同学，个子没人家高，力气没人家大，但就是有个拼命的劲，就是不服输。最后，那几个高年级的同学终于认输了。

杨国孝家里有杆祖传的老洋炮，杨国孝平时没事便拿出来摆弄摆弄。有一天杨国孝竟然扛着这杆老洋炮上学去了，其实他就是为了镇镇那些调皮捣乱的学生。吓得学校赶紧派几个老师过来，把老洋炮夺了过去。杨国孝反倒笑了，说看把你们吓的，这老洋炮里也没装火药，伤不到人。但是学校从来没见过有人带枪来学校的，赶紧找到杨国孝的父亲杨玉增，父亲把杨国孝胖揍一顿，严令从此以后不准再碰老洋炮，并把老洋炮藏了起来。

其实杨国孝背着老洋炮上学校，并不是要把枪口对准谁，在他眼里，老洋炮不过就是一个玩具而已，带它到学校转一圈，长长自己的威风。这一招果然好使，那些过去不把杨国孝放在眼里的人，或者存心想找杨国孝麻烦的人，那些敢和杨国孝叫板的人，这下全都老实了，有的还主动向杨国孝示好。

那时候，因为有桓仁铅矿这样的国企，还有县水泥厂、辽宁一〇四地质大队等有一定实力的企业，二棚甸子常常放映露天电影。像电影《小兵张嘎》《地道战》《地雷战》《渡江侦察记》《奇袭》等打仗的影片，杨国孝都百看不厌，其中有的台词都能倒背如流，甚至模仿其中的情节玩起游戏。二棚甸子西岔有一处日本遗留下来的碉堡，玩游戏的同学分成敌我双方，战斗开始，"冲啊杀啊"，喊声震天。他们同学还在那里捡过子弹壳，有的还挖出了子弹。听说有的班级还挖出过炮弹呢，吓得学校老师赶紧给派出所打电话。

最淘气的时候都闹出了笑话，其实也不应该当成笑话，因为很危险。当时学校旁边有一堆滑石粉，同学们在一起玩闹，小孩子嘛，疯起来没深浅，你扔一把，他抹一下。杨国孝为了显示自己的胆子大，勇敢，干脆来个别人不敢做的动作，他纵身一跃，跳到这个滑石粉堆里。滑石粉像面粉一样，这一跳不要紧，整个人都埋到滑石粉堆里面去，人被埋上了。站起来时，浑身雪白，不仅被滑石粉呛得喘不过气来，眼睛睁不开，甚至耳朵也听不到声音了。

同学赶紧把杨国孝送到家里，妈妈吓坏了，直喊他："老根儿，老根儿。""老根儿"是杨国孝的小名，家里排行他最小。

此时的杨国孝什么也听不到了，耳朵跟聋了一样，妈妈说："这怎么办？"镇里的卫生院说是耳朵已经被滑石粉堵满了，只能到市里求医。

于是赶紧找车，快马加鞭一路狂奔地来到市里医院，医生反复冲洗，把里面的滑石粉全给清洗出来。大夫笑着问他："你还跳不跳了？"杨国孝回答："再也不跳了。"

但是父亲害怕了，这小子要是真弄出点什么事来，后悔就晚了。二棚甸子工农杂居，外来人口多，社会风气乱。杨国孝父亲认为，这样的环境容易把孩子带坏。而且自己经常下乡，加上外出联系业务，在家时间少，孩子疏于管教，这样下去怎么成啊。父亲毕竟是读过书的人，他记得《三字经》中有一句"昔孟母，择邻处。子不学，断机杼"。他也想给孩子一个良好的成长环境，于是就把家搬到了离镇子很远的地方。

讲到这一段的时候，杨国孝开心地笑了，少年时期的经历，成年后回想起来，总会有些无穷的意味。

杨国孝车开得不快，拐过一个山口，远远地看见一个加油站。杨国孝把车停下来，指着路基下的一处房子说："我家后来就搬到这儿，这里离镇里比较远。"

他细看一圈后，感慨地说："这还都是原来的房子呢。"

他说，这处房子原是生产队一个废弃的砖厂，父亲找生产队长说："你们那个砖厂废弃了挺可惜的，要不就卖给我吧？"

生产队长说："那个破砖厂也不值几个钱，没人要，谁上那住？啥都不方便。你要用就送给你。"

杨国孝的父亲后来还是给了生产队三百块钱，相当于花了三百块钱买下这处厂房。三百块钱在当时也不是一个小数目，一个职工的工资一个月也就三十多块钱，三百块差不多是一年的工资。

这个要倒塌的房子根本就不能住人。听说杨玉增要修房子，亲戚朋友都来帮工，生产队又送了点木料，自己又做了些土坯，没几天工夫就把房子盖起来了。杨玉增又买了一些瓦铺上去，看起来挺像样的大瓦房。那年头帮工不要工钱，但得给大家做饭吃，算一下吃饭也得花不少钱。

就这样，杨玉增把家搬了过来。这座房子前后有园子，可以种点菜，种点粮食，家里的生活起码有所改善。但是吃水就很困难了。杨国孝指着加油站后面的山说，吃水得上那座山上面去挑。夏天还好，冬天就难了，山高路滑，弄不好就摔跟头。有一次姐姐上山挑一担水，连滑带颠，到家连半桶都没剩下，气得姐姐坐地上放声大哭。

杨国孝说，从他家到镇里的学校有十多里路，荒凉、偏僻，周围是坟圈子，有人还说在这地方看到过狼。

过去在镇里住的时候，家近，放学的时候可以在学校放松地玩个尽兴，不黑天不回家。现在不行了，如果放学不赶紧往回走，大山里一会儿就黑天了。尤其新搬的这个地方，周围没有人家，多是坟圈子，晚上月光惨白，"鬼火"都飘出来，追着人走。你快它就快，你慢它就慢。开始的时候杨国孝吓得不行，简直是毛骨悚然，头皮发炸。但是害怕也没用，只能硬着头皮往前走，后来看多了也就不怕了。

"鬼火"其实就是"磷火"，有人说是死人头发飘起来发的光。其实是人死后，尸体腐烂，骨头生成磷化氢，磷化氢的燃点很低，可以自燃，所以被那些迷信的人称作"鬼火"。

杨国孝说，虽说"鬼火"不怕了，但还有更可怕的东西。

有一天晚上放学，深秋季节，山里的夜晚空寂无声，他会感觉脚步的声音特别响。如果没有月亮的时候，大山里一点亮光都没有，黑得伸手不见五指。偏偏这天晚上有月亮，路两边的树影被风一吹，不时晃动。还有二里地就到家的时候，杨国孝突然发现前面不远处有个黑影发出两只亮光，是"鬼火"？不对呀，"鬼火"没有这么小。他停住脚，仔细看了一眼，妈呀，这是一只狼。

那只狼正对着他，两眼凶光。杨国孝没敢动，那只狼也没动。杨国孝知道，如果此刻他转身逃跑，这只狼一定会扑上来。"不要慌，不要慌"，杨国孝在心里默念着，但小小的心脏都快要蹦出胸口了。

杨国孝和狼对视了几秒，那狼似乎犹豫了一下，转过身，钻进了路边的林子里。

杨国孝在原地站了好长时间，他不是不想回家，而是被吓得迈不开步子了。他待心跳平稳呼吸匀了一些时，这才快步跑回家，从此再也不敢太晚回家。

这孩子和人参有缘

杨国孝曾对我说过，他小时候在家不远的地方挖到过人参，这让我很惊奇。所以，来二棚甸子的另一个目的，就是想看看杨国孝当年挖到人参的地方。

前几天杨国孝还讲过，放山不是谁都能放的，第一要靠老把头的经验，要看山看土看水看树看坡度，研究什么地方最适合人参的生长，不能盲目地到大山里乱闯，否则你就是累死，也找不到人参。可是，问题是杨国孝当年只有十来岁，有什么放山经验？他为什么就能挖到人参呢？

这就是他说的还要有第二点，就是运气，是缘分。有经验的人不一定能挖到人参，没经验的人不一定挖不到人参，这就看你和人参的缘分了。

经验来自实践，放山时间长了，耳濡目染自然就有了经验。有了经验，缘分自然也就来了。但是问题又来了，一个对人参什么都不懂的人，即便上山碰上人参，他也认不得，怎么可能有缘分呢？

所以杨国孝之所以和人参有了缘分，自然是与家传相关，祖辈有关人参的信息已经渗透到他的骨子里，人参之"缘"自然会向他倾斜了。只不过，这世界上所有的缘分或者运气，只属于少数人罢了。

杨国孝老家房子的斜对面有一个山沟，叫棒槌砬子沟。我查了地图，上面清清楚楚标记的也是棒槌砬子沟，正在修建的本桓高速就从这个沟口穿过。眼下，沟口是一个正在施工的工地，车来车往，很是繁忙。

我对杨国孝说："过去一个工程就要人海战术，红旗招展，人马喧天。现在修铁路也好，修高速也罢，看不到人，听不到声，几年工夫，不知不觉建成了，剪彩了，通车了。这就是社会发展了，科技的力量实在太惊人了。"

从杨国孝的老房子处，开车走不远，就到了沟口。车继续向里开，沿途有不少的农家，两侧大山耸立，山上树木因为叶子脱落，树与树之间，显得不是那么密了。

车行不到二十分钟，开到沟里的一个小水池边停了下来。这个小小的水池，是桓仁铜锌矿的水源地。池边立了一块牌子，上面是"桓仁铜锌矿家属区三供一业分离移交维修改造项目供水改善工程"。水池里的水十分清冽，这是真正的矿泉水。

杨国孝指着水池子说，过去这是一条山涧流下来形成的小河，在这里又形成一个比较大一点的水面。旁边这条路是去四平村、摇钱树村的必经之路。行人走到这里都要在这里坐一坐，喝口水，歇一会儿。

杨国孝问我："你知道这条沟为什么叫棒槌砬子吗？"

我说："为什么?"

杨国孝讲："你看这水面，水很清，水下什么也没有。可是过去的时候，好多行人走到这里，都能从水里看到一根棒槌的倒影，棒槌不能长在水里，那肯定是长在旁边山上的砬头上。看到的人都禁不住诱惑，爬上山头去找，谁也没找到。这样，久而久之这里就叫棒槌砬子了。"

我说："这世界上有些事情其实是解释不清的。"

我往山上又走了几步，细细地看看周围的环境。

杨国孝指着右手侧一个小沟堂子说："王老师，就这，从沟口往里走不远，就是我小时候挖到人参的地方。"

我向沟口看去，沟口处盖了一栋房子，房子里面有人，房子把沟口完全封住，人很难进到沟里。房子左侧留一小口，有股溪水流下来。

杨国孝说："这户人家已经把这个沟承包下来养蛤蟆，所以把这个沟口封住，不让人随便进入。"

我问："这个沟有名字吗?"

杨国孝说："有啊，叫火车站沟。"

我奇怪了，问道："过去桓仁既没有火车，也没有在这里修火车站的打算，怎么就有一个火车站沟的名字呢?"

杨国孝解释说："过去这个沟是胡子沟，胡子绑票，把人抓来后，给人上刑。胡子够狠的，把大平板铁锹用火烧红，然后把人按住，让他坐在铁锹上，烫得屁股都冒烟。然后喊：'坐好，开车了。'要是你受不了，答应给钱了，他就喊：'火车站到了，下车吧。'就这么，后来老百姓就把这个沟叫火车站沟。"

我说："这胡子可够狠的。这条沟封死进不去了，你就详细给我讲讲你小时候挖人参的事吧。"

杨国孝说，那年他十多岁，是春天的时候，他和几位亲戚家的哥哥上山采山菜，从他家到这个沟顶多有二十多里地，因为是孩子嘛，走得比较慢。他最小，跟在后面，估计得走两个小时左右，现在开车很快，也就二十多分钟。

我又细看了一下周围的环境，这里并不是什么深山老林，沿途有不少农家，离这个沟堂最近的人家也就一里多地。

我问杨国孝："这里的人家都是后搬来的吗？"

杨国孝说："怎么可能呢？山里的人家只会越来越少，不会越来越多。"

我不免心生疑惑，就这样的一个地方，怎么会有人参呢？

杨国孝向我讲起当年他发现人参的过程。

他说，这个山沟啊，夹角很小，有一条小溪从上面流下来。因为年龄小，杨国孝跟在几个亲戚的后面。从沟口向沟里走了大概三百米左右，他突然看到一条蛇，吓得他大喊一声："有蛇！"这条蛇有一米多长，老百姓称"钱串子"，这是一种有毒的蛇。听到叫声，几位已经走远的小哥哥急忙跑回来，看到后便拿起石头要打死这条蛇。杨国孝急忙拦住，他说："别打别打，放了它吧。"

这几个孩子便停了手，蛇似乎有知，赶紧向旁边的树丛里钻去。

几个哥哥又向沟里走去，他们走得快，杨国孝紧紧跟在后面。走到一个小石磴子旁边，因为走得急，加之有些慌，杨国孝左脚踩空，一下子摔倒。

还好，既没磕破也没磕疼。还没等他爬起来，他就看见眼前有一棵像人参的绿草，仔细看一眼，没错，是人参。这是从天而降的惊喜，他忍不住大喊了一声："棒槌！"

走远的几个哥哥听到喊声，并没有回来，只是回过头来笑着说："老根儿，你做梦呢？"

他们真以为杨国孝在和他们开玩笑呢。

杨国孝急了，大声说："没错，真的是棒槌，你们快过来。"

几个孩子半信半疑地围过来。

杨国孝指给他们看："三丫五叶，就是棒槌，没错！"

那几个孩子也没见过山上的人参是什么样子，听杨国孝这么肯定，就相信了，问："是吗？真是棒槌？"

杨国孝说："是棒槌，咱们挖吧。"

几个孩子一起动手，尽管杨国孝小心翼翼，但架不住另外几个孩子毛手毛脚，好端端的一棵人参并没有完好无损地挖出来，甚至把一个主根都给挖断了。

杨国孝说："听爸爸说，大棒槌旁边一定还会有小棒槌，咱们再找找。"

很快，杨国孝又发现了几棵小人参。挖出来后，杨国孝找了些青苔小心翼翼地把人参包起来，放到筐里。几个孩子山菜也不采了，急忙回到家里给杨国孝爸爸看。爸爸有经验啊，他这一生，当学徒、下浑江、走营口、干供销、挖人参、收人参、加工人参、销售人参，净和人参打交道了，可谓见多识广。

听了杨国孝的讲述，我觉得有些奇怪，这个地方并非人迹罕至啊，沟口不远处就有很多人家，他们也经常上山去，砍柴、挖野菜、放牛什么的，可是为什么这么多年，这么多人，就没有发现呢？而且这里离最近的人家并不算很远，沟口的那条路常有人走，摇钱树村里的人上二棚甸子就走这条路，杨国孝还说过他参加工作后，就是沿着这条路，去摇钱树村上班，每个月回家一次。还有他的同学，从摇钱树村到二棚甸子上学，每个月背着口粮走的就是这条路。但是没听说谁看到人参了。更何况他刚才还说，这个沟叫火车站沟，常有胡子在这里，怎么就没有人发现呢?

杨国孝说:"这一点不奇怪,都说人参是神草,一点不错,人参有自身修复功能,人参的秧苗如果受到伤害,比如被野猪踩踏,受伤后它自己就开始自我修复,缩回到土里,可能几年不露面。所以就没有人发现它。再一个就是缘分,像古人说的,'踏破铁鞋无觅处,得来全不费工夫'。"

爸爸看了后,说这几棵人参年头不少,大的应该在三百年左右,几个小的大致也有百来年了。他让杨国孝和几个孩子一起去医药公司,医药公司的人一看,惊喜道:"多年没看到这么大的人参了,真是开了眼了。只是可惜了,如果挖的时候注意,别损坏,一定会卖个好价钱。"

经过鉴定,最大的一棵参龄有三百八十年,其他几棵小的也都一百多年,尤其那棵大的,如果品相好的话,能卖几千块。

医药公司的人把人参拿到秤上称了一下,大的重量是二两八钱,够大的了。如果按照老秤,十六两一斤的话,差不多有五两,若不破损,算是一等货,能卖到四五千元。

杨国孝说:"三百多年的野山参如果放到现在,价值几百万甚至上千万呢。最后医药公司合了一下,一共给了三百八十元。"

几个孩子都说这人参是老根儿看到的,卖了钱就给老根儿吧。但是爸爸告诉杨国孝说,这个钱必须要大家平均分,不能你一人独占,这是放山人的规矩。还嘱咐他说:"国孝,你要记着,将来无论你做什么,都要和你在一起的人有福同享,有难同当,大家要互相帮助。"

卖完人参,爸爸偷偷地对妈妈说:"老根儿这小子和人参有点缘,将来有机会就让他搞人参去。"

此后爸爸有意识地培养他,给他讲祖辈闯关东的经历,讲放山的故事,讲祭山的仪式;讲爷爷杨德林下浑江、走营口、遭遇暴雨洪水的历险；讲他自己在大德全学徒的那些事。但毕竟父亲工作太忙，常常不在家，便嘱咐母亲多给老根儿讲一些。

父亲有意把祖辈传下来的祭山仪式传给杨国孝。但那时正值"文化大革命"，祭拜山神会被认为是搞封建迷信，让人知道了是要挨批的。杨玉增是党员，又是领导，哪能带头搞封建迷信呢？

杨玉增每年农历三月十六都和妻子念叨："又是祭山的日子了，到我这辈已经第四代了，也不知还能不能传下去。"

妻子说："怕什么怕，你传给老根儿，不能让它丢了。"

于是，又到了农历三月十六这一天，杨国孝带上妈妈偷偷准备的祭品，一个人悄悄上了山，按照爸爸教给的祭山顺序，找来三块石头，搭成小庙，摆供、上香、烧纸，念叨爸爸教给他的祭山的那些词儿，然后磕头。

祭山时，杨国孝的心里也很紧张，因为妈妈再三嘱咐，一定要小心，不要让人看到。如果让人看到了，不要说是爸爸让来的。

祭完山神，杨国孝悄悄下山，他心里很痛快，仿佛做了一件惊天动地的大事。

从此，杨家的祭山仪式有了第五代传承人。

到摇钱树来吧

中学毕业后，杨国孝的第一份工作，就是子承父业，到二棚甸子供销社当售货员。他本来可以选择二棚甸子镇里的供销社，离家近，生活也方便。但年轻人的想法不一样，他就想离家远远的。

同学孟昭敏听说杨国孝想到供销社基层的代销点，忙对他说："国孝，你就到摇钱树来吧。"

杨国孝一口答应下来："好，就到你们摇钱树，你可不准欺负我。"

孟昭敏说："我哪敢欺负你，你手里那杆老洋炮，谁见了不怕呀！"

杨国孝说："强龙压不倒地头蛇，到你的一亩三分地，你得关照我呀。"

孟昭敏说："谁关照谁还不一定呢，供销社管物资，有权。不过你放心，我保证不给你添麻烦。"

杨国孝之前对摇钱树村就非常熟悉，他扛起妈妈给准备的行李卷，一个人就来到了摇钱树村，向摇钱树村代销点的负责人交了工作关系的介绍信，就成了这里的正式职工。

父亲杨玉增对杨国孝选择摇钱树村没有阻拦，国孝从小就没离开过家，让他自己出去独立生活一段时间，也是一个锻炼。临走时，父亲和他"约法三章"，一是要尽快熟悉业务，熟悉商品名称，学会打算盘、记账，不能差一分一毫；二是对待顾客要笑脸相迎，有个好态度；三是不要有贪心，不占公家一分钱便宜，不徇私情，不走后门。杨国孝谨记在心。

新中国成立初期建立起来的供销社系统，发展迅速，功能强大，就连公社下面的每个生产大队都办起了代销点，它就办在农民的家门口，是供销社最基层的分支，承担着商品的收购和销售，极大地方便了农民群众。

二十世纪七八十年代，物资比较匮乏，供销社的售货员成为让人羡慕的职业。有些售货员被人追捧得趾高气扬，对村民的态度不是很好。但杨国孝不一样，虽然他是城镇户，吃商品粮，国家职工，但他身上丝毫没有城里人的优越感，从他念书时起，身边就有一大批农村孩子和他是好朋友。

他说起当年供销社的事，津津有味，毕竟那是他的第一份工作，也是他的青春年华。

摇钱树供销社的条件还是不错的，位于摇钱树村的村头，紧靠河边，他常到那条河边洗脸、洗脚、洗衣服。村里的婶婶姐姐们看到，便抢着帮他洗。叔叔大爷见了他，总是主动和他打招呼。虽然是刚到一个新地方，但他没有一点陌生感。老同学孟昭敏白天下地干活儿，晚上吃完饭没事的时候，也常来他宿舍玩，村里其他年轻人有时也和孟昭敏一起来，他们很快便成了朋友。

代销点也是村里的孩子们最爱去的地方，他们一进门，便直奔自己喜爱的糖果柜台，有的踮起脚尖，有的伸长脖子向柜台里看去。大人买东西剩点零钱，就给他们买一块两块。拿到糖果的孩子笑弯了眼睛，那个幸福劲儿、满足感，在现在的孩子身上很难找到了。

还有稍大一点的孩子专门捡烟盒和糖纸，把它们叠得整整齐齐，宝贝似的珍藏起来。杨国孝见孩子们喜欢，便把自己捡到的烟盒、糖纸送给他们。那时候孩子们的快乐就这么简单！

那时候不仅食品匮乏，一些民用的轻工产品就更少了。比如手表、自行车、缝纫机，这都是紧俏商品，是要凭票购买的。有些亲戚朋友甚至领导找到杨国孝，想要走后门，从他那里买到自行车、缝纫机、手表。可是杨国孝不懂这些人情世故，更不会溜须拍马。他觉得这是分配给村民的，而且一年也分配不到几件，村里谁家儿子要结婚，要买这些大件，他就把这珍贵的工业品卖给谁。在他眼里，这就是公平。

杨国孝是一个有同情心的人，村里越是困难的家庭，他越同情。他来到摇钱树村不长时间，就了解到村里有哪些孤寡老人家，他们家里需要什么，他就主动送上门去。还有些特别困难的家庭，连油盐酱醋都买不起，他就用自己的工资给垫着，有钱就还，没钱就不要了。

村民都夸杨国孝，说："国孝这孩子不仅人长得好，心眼也好，仁义。"

因为离家远，杨国孝就住在供销社，别人下班了，他坚守岗位，供销社没有关门的时候，只要有需要，村民随时随地来，杨国孝都在。村里的大姑娘小媳妇，没事都愿意来供销社，有时候也跟杨国孝唠几句。供销社的院子大，晚上还有灯，孩子都到这院子里面来玩。村民家里办事情，有好吃的，都请杨国孝到家里，把他当成自己的家人。

代销点里的同事也都喜欢他，因为他勤快，用桓仁话说就是"麻溜"。上面送货来了，他第一个爬上车；往外面运货，他干得比谁都欢。苦活累活，对他来说，都不在话下。年轻人嘛，有一身的力气。

家族经商的基因在他身上得到很好的传承，他把凌乱的商品按照类别摆放得井井有条。短时间内，杨国孝就能把各种商品，比如种子、化肥、油盐酱醋、针头线脑、鞋袜布匹、学习用品的位置、价格，记得清清楚楚，来人只要说买什么，他伸手就拿，不用看价签就知道多少钱。哪些商品积压了，哪些商品需要赶紧进货了，他都了解得清清楚楚。

杨国孝虽然读书的时候不是好学生，但供销社的业务他可是一看就会，记账、进货、点货、结算，做到不差分毫。老同志都称赞他："国孝这小子脑瓜就是聪明。"

只要有时间，他还去厨房帮助做饭、打水、打扫卫生。昧良心的事他坚决不干。那时候，有的供销社发生过这样的事，有的店员往酒和酱油里面加水，有的缺斤少两。上级检查的时候发现了给予严肃处理。杨国孝来摇钱树之前，代销点里有没有这种情况，他不知道，但他在摇钱树的那些日子里，这种昧良心的事，从来没有发生过。

那时候杨国孝很少回家，因为从摇钱树回二棚甸子，走山间小路也要多半天的时间，他觉得上班比在家还快乐。

在摇钱树的那些日子里，杨国孝也有很多困惑，他看到摇钱树的资源那么丰富，有山有水有林木，大山也无私地奉献着山珍，有那么多的山菜，那么多的野果，可是农民为什么还是那么穷呢？他们光靠种地赚不了几个钱。那时他就想，要是让农民搞点多种经营，把大山利用起来，农民肯定很快就能富裕起来。可是那时有很多限制，把农民紧紧地束缚在土地上，有劲儿使不出。他相信，社会不会老是这样，总会有改变的那一天。

在摇钱树供销社代销点干了不到一年的时间，因为供销社调整，他被调回二棚甸子供销社，被分配在了副食组。

民以食为天，在物资短缺的年代里，如果把各企事业单位比成一个食物链的话，那么供销社就居于食物链的顶端，而供销社的副食组，更是这顶端的顶端，就像宝塔尖上的皇冠。在老百姓眼里，就连一镇之长也不如一个副食组的售货员。

但是，杨国孝并没有丝毫的优越感，不甘心一辈子就做个供销社的售货员，尤其他看到父亲这一辈子，勤勤恳恳地工作在供销战线，结果一身才华无处施展。杨国孝决心不能像父亲那样，他有自己的理想，如果市场真有放开的那一天，他就要大胆地去闯一闯，他觉得自己应该是一个干大事的人。于是他毫不犹豫地抓住一次机会，从二棚甸子供销社调到了桓仁镇办的人参加工厂。

三十年河东，三十年河西。随着改革开放和社会进步，物资逐渐丰富起来，流通渠道也多了起来。特别是市场放开后，个体商店也渐渐多了起来。供销社这种国家统购统销的商业模式便跟不上时代的步伐，作用越来越小，供销社的效益也越来越差，以至渐渐被淘汰出局。在最红火时期离开供销社的杨国孝，此时已开辟出一片新天地；而那些抱着

"金饭碗"不撒手的人却下岗了。

摇钱树供销社代销点也被裁掉了，听说代销点的房子要卖，杨国孝毫不犹豫地花了五万元把房子买下来。有人问他，你买这房子要做什么用？其实杨国孝也没想那么多，就是一种怀旧，一种情怀，这里面有他的青春，有他的梦想。他不忍心让它变成一片废墟。他盘算着将来翻修一下，也许能干点儿什么。

杨国孝开车带我来到摇钱树代销点旧址。

这是一栋红砖红瓦的平房，窗子比一般民居的窗子大，房檐有拱形的造型，一个蓝色的信箱还挂在墙上。房子中间的部分已经塌了下来。院子挺大，多年没有人进来走动，地上已长满了蒿草。外面是一个大铁门，已经锈迹斑斑。

摇钱树的年轻人，压根就不知道这栋大房子当年对村民的生活有多重要。在物资奇缺的年代，那里面的一切，就是他们的梦想。然而，当一个人的梦想实现以后，原来的梦想就不再珍贵了，因为他们又有了新的梦想。

"能干什么呢？"我问。

他说："暂时还没想好。"

其实杨国孝心里清楚，这栋房子很难利用上，开发旅游，附近没有景点；做人参加工厂，离桓仁县城又远，增加人力和运输成本。

他说："先放着吧，以后再说。"

第
六
章

潮头逐浪

趁着帆风便上船

杨国孝怀揣梦想进了县城，他的几个哥哥和姐姐也都在县城工作。

加工厂的业务主要是人参加工。从这时开始，杨国孝的人生正式迈进了人参领域。

此时中国改革开放大潮汹涌澎湃，社会快速发展，变化日新月异。为适应社会和经济的发展，桓仁县里的一些单位也是起起伏伏，有的合并，有的解体，有的承包，有的转制。所以这个时期职工的工作岗位处于动荡变化之中，今天属于这个局，明天归属那个办，后天可能变私企，有人愤愤不平，有人无可奈何，更有人辞职下海。

杨国孝在来到县城后的几年里，工作单位和工作岗位也在不断变化，可是尽管变来变去，他和人参的缘分不但没有变，反而联系得越来越紧密。这大概就是命运吧，不是他抓住了人参，而是上天让人参抓住了他。

在人参加工厂工作一年后，杨国孝又调到了县土特产品加工总厂。这个厂主要也是人参加工，当时这个厂的效益还是挺好的。杨国孝这人善学习、肯钻研，不久就当上了技术员。因为工作出色，懂技术，人品好，被安排到收购部当经理。收购部是加工厂里非常重要的部门，是厂里效益好坏的关键。上级领导之所以派他来到这个部门当经理，就是看中了他不徇私情、不谋私利的刚正性格。

杨国孝来了之后，大刀阔斧，立下规矩，定下制度，严格管理，把好质量关，仅仅一年时间，就创收几十万。

那个时候，差的部门没人去，好的部门大家争。收购部效益好了，就有人争着要来，那怎么办？杨国孝这么有开创精神，能打开局面，那就到效益更不好的部门去开创吧，这也是领导的信任，委以重任嘛。

杨国孝被调到桓仁县罐头厂当了销售科副科长，接着又担任了罐头厂销售门市部的经理，那年他才二十五岁。

大家知道，罐头厂生产工艺没有那么复杂，但是生产出来的产品要想卖出去，就非常复杂了。老百姓只有过年过节或看望病人时才买瓶罐头，平时没有几个人吃。可是罐头厂那么多职工，如果不生产，厂子就得关。只有把生产出来的罐头卖出去，才有效益，才能有钱给职工开工资。

杨国孝是硬着头皮来到销售门市部的。他心里清楚，门市部多年来一直亏损，现在派他到门市部当经理，他就是有天大的本事，也难以扭转这个亏损局面。怎么办？杨国孝不愧是杨国孝，他还真有办法，人不能在一棵树上吊死，厂子也是这样，罐头赚不到钱，那咱能不能另辟蹊径卖点别的，反正让职工能开出工资就行呗。

那时，他的二哥在桓仁医药公司当书记，他对二哥说："二哥，厂里派我到罐头厂销售部当经理，靠卖罐头，职工非得饿死不可。现在都讲究多种经营，我想到通化、集安搞药材，你们能不能支持一下。"

二哥说："这有什么，收谁的不是收，你搞吧。"

那时候，通化和集安的人参种植发展得比较好，价格也比桓仁的便宜。但是那两个地方对人参的管理也很严格，地方保护主义，统购统销，不许外地客商来收购。杨国孝胆子大，有招法。他坐车到集安、到通化，然后到大山里的参农那里收购"趴货"。

所谓的"趴货"，分几种，有林下趴货，有园参趴货。杨国孝收购的是园参趴货，这种趴货生长年头多，药效与价值比一般园参高出许多。

收购容易带出难，从通化到桓仁，或者从集安到桓仁，要通过好几个关卡。杨国孝机灵，善于察言观色。他知道关卡设在哪里，他雇上十几个人，扛着大麻袋，溜山根，走河套，真是偷偷摸摸，小心翼翼，躲过各个关卡，成功把人参带回桓仁。

这样做风险很大，一旦被发现，人参就要被没收，还要被罚款，损失就大了。而且即便成功把人参带回桓仁，但一路上所付出的辛苦也是难以尽述，忍饥挨饿，提心吊胆，小心翼翼，筋疲力尽，这些词都可以用在此时的杨国孝身上，再恰当不过了。

回到桓仁后，杨国孝将这些人参卖给县医药公司，从中赚取差价。这样一来二去，销售部扭亏为盈，每年赢利二十多万。在二十世纪八十年代，二十多万可是一笔大钱。这样不但盘活了销售部，能开出工资，还给厂里上交利润。甚至厂里开工资没钱，就上他这里拿。一个小小的销售部，解决了全厂二百多人的开销问题。

于是，老问题又来了。销售部生意好了，赚钱多了，就又有人惦记了。上面想让他离开销售部，说你是个能人，去当副厂长吧。表面是升职了，而实际上是不让他搞销售，专门搞加工了。人参收购的业务根本不让杨国孝过问。

但是新的销售部负责人，经营策略完全不一样，哪有利就往哪里叮，还想利用国家政策的空子，捞取个人利益。

本来，按规定，收购的人参必须严格分出等级，按质论价。可是这些人连参带土一起上秤，鲜参也不分等，不管好坏，一律按好参入库。随后又从农行贷款三百万，扩大经营。不仅如此，还随意进人，不仅安排农行职工的子弟，还从社会上招聘一些不懂业务的人员来管理，准备大干一场。

杨国孝明白，这样下去，只能亏了公司，肥了个人。而他这个负责加工的人，对不上账，负不起责。他几次向领导提出这个问题，都没有得到回复。杨国孝一气之下不干了。

于是杨国孝办理了停薪留职手续，下海干自己的了。

果然不出杨国孝所料，那年罐头厂赔了五六百万。表面看是管理不善，但规章制度就摆在那儿，写得明明白白，只要照着做就行了。可是，如果照着规章制度办，个人还能得到好处吗？杨国孝说，亏我走得早，不然这个大窟窿，我怎么帮着堵啊。

杨国孝辞职不久，厂子也黄了。

杨国孝为什么敢于果断辞职？一是当时国家政策允许职工下海干个体，二是杨国孝对人参经营这个领域已经有了经验，三是杨国孝的天性就喜欢干自己的事业。自己管理自己，自己说了算，自由自在，"海阔凭鱼跃，天高任鸟飞"，国家给了政策，时代给了机遇，为什么不试一试，闯一闯，乘着改革开放的风帆，登上个体经营这条船，扬帆远航，何乐而不为呢？

辞职后的杨国孝，不但收购人参，还开始人参加工，第一年就挣了两万多。那时候，如果听说谁家是万元户，人们会把嘴张得老大，惊讶得半天合不上。而杨国孝，轻而易举地就赚了两万元。

杨国孝的生意做得风生水起，非常顺利。1986年，一年就挣了五六十万，那可是天文数字，真是每天数钱数到手软。

看到弟弟路蹚得这么好，钱赚得这么快，哥哥也坐不住了。

哥哥说："干脆我也辞职，咱俩一起干吧。"

弟弟高兴地说："那太好了。不过，你舍得你的官位？"

哥哥是县医药公司的书记，在县城里面大小也是个领导。可是哥哥义无反顾："我什么时候把这个领导当回事？"

俗话说，"打虎亲兄弟，上阵父子兵""兄弟齐心，其利断金"，兄弟俩携起手来，志同道合，齐心协力，仅仅几年工夫，便赚到了五百多万。

如果说前两年杨国孝自己干的时候，数钱数到手软，那么现在哥儿俩一起干，那真是数钱数到手抽筋。这可不是夸张，因为那个年代人民币最大的票面值是拾元，到了二十世纪八十年代末才开始有了五十元和一百元的钞票。

这么多的钱怎么花呀，真把人难住了。

于是哥儿俩一合计，那就盖房子吧，要盖就要大手笔。于是花了十四万，一栋四百多平方米的大别墅在桓仁县城横空出世，可谓鹤立鸡群。别墅样式新颖，装修虽谈不上豪华，但已经足够漂亮。

在二十世纪八十年代末九十年代初，杨家兄弟就已有资产七位数了，这在桓仁县不仅赫赫有名了，简直就是创造了奇迹，不能不引起轰动。人们都伸出大拇指，说老杨家的哥儿俩真了不起，桓仁首富，人人羡慕。路过杨家大别墅的人，都忍不住多看几眼。杨家兄弟在桓仁，简直就是神一样的存在。

当时在东北，正流行着万元户的提法，但是在深圳已经开始流行这样的顺口溜了，"万元户不叫富，十万元才起步，百万元才是富"。那么，杨家兄弟这五六百万该是一个什么概念呢？也就是说，杨家兄弟的富,何止在桓仁,在辽宁,在全国也应该是数得着的了。

古人说得好,"创业容易守业难"。好景不长,由于哥哥一时头脑发热,经营不善,没有很好地把控自己,迷失了方向,到手的财富一下子归零。

曾经的财富,就像大梦一场。

杨国孝是个好弟弟,他没有一句埋怨的话,反而安慰哥哥,失败了不要紧,我们还年轻,我们可以从头再来。

杨国孝钱没了,房子也没了,他带着老婆孩子,搬出别墅,出去租房子。生意上,兄弟俩分道扬镳,杨国孝另起炉灶。

东山再起

杨国孝没有气馁,他相信自己,一定会东山再起。

时代就像一艘远航的船,登上去了,你就有了发展的机会。如果说不急,我可以等下一艘,那下一艘可就不知猴年马月才能等到了。

有人说,桓仁农村的生产队解体后,有村民分了些人参籽,就试着种到林子里。当时的规模只有不到两亩地,谁也没把这事儿放在心上。可过了四五年,村民发现种在林子里的人参长得还都挺好,这才开始认真管护起来。1991年,村民把收获的人参陆续卖掉,到1999年,总收成已经达到二三百万元。从那以后,桓仁的林下山参种植业开始迅猛发展。

其实在那之前,杨国孝就已经登上了林下参种植这艘航船了,而且远远航行在前面。

在1990年前后,桓仁国营参茸场解体,杨国孝花十二万买下了那个山沟，种了一百二十亩趴货。地点就在桓仁县城的边上，离县城很近。后来杨国孝敏锐地发现，趴货在市场上没有优势，随着人们生活水平的提高，收入的增加，人们青睐于质量更好、价格更高的林下参。于是杨国孝及时掉转方向，果断地把这个沟卖掉，进军林下参。

几年的商场拼搏，杨国孝充分意识到，商场如战场，要小心翼翼；天道有轮回，切不可有丝毫的膨胀。要扎扎实实走好每一步，不贪大，要求稳。不但要正确了解市场，更要正确了解自己，要明白自己有多大本事。

他说，这世界上比你有背景、有靠山、有本事的人多去了，你算老几？不要有了几个钱，就把自己看得有多了不起；不要别人对你恭维几句，你就忘乎所以，以为自己有多大本事。这些年，杨国孝在商场上看多了那些能忽悠的人，那些不守信誉的人，那些不遵守承诺的人。他告诫自己，一定要保持冷静，不能头脑发热。

杨国孝除了有祖辈传下来的祭山习俗，更有对人参生长习性的经验。杨国孝还不断总结经验，不断学习技术。他到外地学习，向专家请教。

但是，仅仅掌握了外地的经验，听懂了专家的介绍，也还远远不够。因为各地山的高度、坡度、湿度都不一样。同样是本溪的山，桓仁县的山和本溪县的山相比，桓仁更适合人参生长。同样是桓仁，二棚甸子的山就比其他乡镇的山更适合人参生长。同样是二棚甸子的山，摇钱树村的山就比其他村的山更适合人参生长。同是摇钱树村的山，有的林下参就长得好，有的就长得差。

这是为什么？经过对林下参种植技术的反复研究和实践总结，杨国孝认为，林下参喜欢山的坡度在二十五度到四十度之间，坡度小了，水积得多，不利于林下参生长；坡度大了，水积不下，湿度不够，还是不利于林下参生长。林下参对周围环境要求也非常严格，光有树林还不行，还要有灌木、杂草、藤蔓相伴。这些灌木、杂草如果长势良好，说明这里土质好，适合林下参的生长；林下参对光照的要求也极其严格，没有阳光不行，阳光太强了也不行。它不喜欢阳光直射，但是林中的散射光却不能少，要既阴凉又有散射光才行；林下参对土质的要求也很苛刻，最好呈酸性的土；对有机质的含量也有一定的要求，而且栽种时必须清除表层的熟土，因为熟土容易生虫子；而栽种时的要求就更多了，参苗的修整、山地的整理、栽种的深度，等等，没有几十年的工夫，是很难全面掌握的。

林下参和野山参相似，生长极其缓慢。人生不满百，在这不到百年的时间里，一个人要经历多少风霜雪雨。林下参也是如此，野山参尤甚，特别是那些几十年甚至几百年的野山参，不仅要经受大自然的风吹雨打，还要经受山林中野兽的踩踏和虫鼠的啃噬，可谓饱经风霜，历经磨难。所以，人参贵重自有它贵重的道理。

1997年，杨国孝在摇钱树村的小马荡子种了一百五十亩林下参。这么大的工程，需要雇许多工人。

他找到老同学孟昭敏，让他帮着雇人，此时的孟昭敏是摇钱树村的书记，说好男工每天十块，女工每天八块。

孟书记说："你需要多少人呢？"

杨国孝说，"你给我雇五十来个人吧。"

孟书记说："雇的这些人怎么上山？"

杨国孝说："就在村口等着，我雇车把他们拉上去。"

第二天，杨国孝带着车来到摇钱树村，村里的人只要能动的，几乎都来了，将近一百人。

杨国孝愣住了，对孟昭敏说："这些人都是你雇的？"

孟昭敏说："哪里呀，你告诉我需要五十人，结果听到信儿的都来了。你说怎么办？不行你就选一选，挑一挑，不能干活儿的我就让他们回去。"

杨国孝喊道："叔叔大爷婶婶们，我真的用不了这么多人，年龄大的干不动的，我看就不要去了。以后我杨国孝有什么你们能干动的，再找你们，好不好？"

没有人动，有些年龄大点的只是看着杨国孝笑，谁也不肯回去。

杨国孝和村里人都熟悉，当年叔叔婶婶哥哥姐姐老弟老妹叫着，现在人都是奔你来的，你让谁回去？

杨国孝无可奈何地摇摇头说："好吧，既然都来了，也就别回去了。走吧，都上车。一车装不下，一会儿车回来接你们。"

那时候，桓仁农村的老百姓，还没有出去打工的概念，很穷，靠卖点粮食一年也没有多少收入。现在一听说有来招工的，就在家门口挣钱，全村的男女老少甚至附近村里的人也都来了。

杨国孝说，我真的用不了这么多人，事业刚起步，资金也有限。可是怎么办？人家都来了，总不能把人家赶回去吧，都是乡里乡亲的，低头不见抬头见的。

他对孟昭敏说："也好，就算给我捧场来了。"

孟昭敏说："我知道你用不了这么多人，我已经撵一阵儿了，谁也不走啊，没办法。"

杨国孝告诉司机说："走吧，一会儿你再回来拉一趟。"

那些大姑娘小媳妇像赶集似的，有的穿上花衣服，有的还抹了口红，这哪里是去干活儿啊，她们是来展示自己的风采啊。

干活儿前，杨国孝给村民分工，教他们怎么干。可是，有的人教的时候不注意听，干的时候不会干；还有的人不是来干活儿的，就围在杨国孝身边，和他套近乎，都知道这是一个有钱人啊。有的小媳妇甚至对杨国孝眉来眼去的。杨国孝可不吃那一套，他是一个既严肃又本分的人。他把眼睛一瞪，半开玩笑半认真地说，"远一点，干活儿去，你要这样明天就别来了。"还有年纪大一些的不会干，也干不动。孟昭敏书记皱着眉头说："大妈你回去吧，这活儿你干不了。"

杨国孝说："昭敏，算了吧，不就是几个工钱嘛。大妈你过去拔草吧。还有你，你去歇会儿吧，没关系。哎呀，大婶，你这腿，没关系，你坐着喝点水吧，工钱我会照样给你的。哎呀，大爷，小心，来，抽支烟吧。"

村里人碰上这样慷慨的大老板，连声说道："国孝啊，供销社那时候，我就知道你将来一定有出息。"

"是啊，在供销社那时候就仁义，谁家有困难你都帮。"

"国孝啊，谢谢你，以后有什么活儿尽管吱声，我还给你干！"

杨国孝对我说："王老师，你知道吗，那时候真的是没办法，老百姓就是穷啊，他们到哪去挣钱呢？都没有钱，更没有赚钱的路子，好不容易有了一个赚钱的机会，虽然只有十几块钱，但是他们也不愿意放弃呀。"

其实，杨国孝慷慨的背后，也承担着极大的风险。小马荡子一天近百人，到后来的山参谷时，一天雇人达到一百五十人，这么大的规模，那得多大的投入，得多大的胆识？那时候，一切都刚刚起步，杨国孝的资金也不充裕，常常也是捉襟见肘，东挪西凑，而且林下参见效慢，一旦有个风吹草动，谁也承受不起呀！

就在杨国孝的林下参蓬勃发展之际，曲文阁找到了他。曲文阁是好护士药业的销售老总，和杨国孝的二哥是好朋友，有胆识，有魄力，对林下参情有独钟，也想在林下参方面发展。但是由于不懂技术，便通过杨国孝的二哥，找到杨国孝，请他给自己当技术顾问。要大力发展林下参，曲文阁需要杨国孝这样的技术人才、管理人才。

曲文阁当过老师，后来到供销社土产公司，和杨国孝认识较早。当时好护士药业的前身是桓仁中药厂，长期处于亏损状态，桓仁县委县政府下决心改变药厂的状况，选派一位有魄力的乡镇党委书记到药厂当厂长，这位新厂长对药厂进行了大刀阔斧的改革，并在社会上招聘能人负责销售。经过多方考核，曲文阁胜出，担任销售厂长。在他的带领下，药厂引进新的经营理念，引进先进的营销模式，整顿销售队伍，重新聘用人员。压任务，扛指标，追回款，业绩不断翻新，几乎是一年一个大台阶，三千万、一个亿、二个亿、三个亿……药厂盘活，影响扩大。干了几年之后，因为企业改制，曲文阁干脆也下海，干起自己的人参生意，并聘请杨国孝做技术顾问。

曲文阁干事有闯劲，更有韧劲，不怕失败。在2000年的时候，和杨国孝一起进军山参谷，他事业终于有了起色。

杨国孝说，曲文阁这个人很有头脑，有魄力，看得远，朋友多，路子宽，为人慷慨，对桓仁人参产业的发展有功劳。杨国孝和曲文阁已经合作多年，关系一直很好。现在两人既有合作，又各有各的生意。

转眼三十年过去了，杨国孝不仅东山再起，而且他的生意做得风生水起，红红火火。

家有"仙"妻

在民间，关于人参姑娘的故事很多，她美丽善良，不嫌贫爱富，帮助穷小子过上幸福生活。在看到杨国孝的妻子曲冬梅之后，我就想，她不就是一个现实版的人参姑娘吗?

来到山参谷的第二天早上,天刚刚亮,屋外就响起摩托车和汽车发动的声音。原来是杨国孝雇的工人早早就来到山上,然后由杨国孝开车送他们到干活儿的山上。

杨国孝的媳妇招呼我吃早饭,我说等国孝回来一起吃吧。她说他们都吃完了,怕影响我睡觉,就没喊我。

吃完饭,我见杨国孝媳妇和李凤山媳妇两人在摘人参苗,参苗不大,一寸多长。两人一边摘一边说着话,那亲切劲就像一对亲姐妹。

我也坐下去,说:"我和你们一起摘吧。"

杨国孝媳妇说:"这些小参苗是刚从山上挖出来的。你看,都六年了,才长这么大。"

我问:"为什么要把大部分的根须摘掉呢?"

杨国孝媳妇告诉我:"这是杨国孝多年摸索出来的经验。刚挖出来的小参根须很多,如果直接移栽,成活率低而且形状不好,所以给它来个'整形下须',将侧根和须根掐掉,只留两条长的主根,像人的两条腿,这样的参才美观,更像人的形体,长出来的参品相才好。如果留下来的根须太多,就会乱长,甚至缠到人参的身上,影响参的品相。"

"哦,原来是这样。"我边动手摘参苗的根须边和她闲聊起来。

杨国孝媳妇说话语速较慢,浓浓的桓仁味儿给人一种既实在又亲切的感觉。

我说:"你给我的第一印象是一个很有修养的女性,这两天听你说话,觉得你挺有文化的。"

她笑了,说:"不瞒你说,我哪有什么文化呀,没念几天书。'文化大革命'时我才五六岁,全家就被下放到农村,在农村待了八九年。"

曲冬梅说她父亲是一个兽医,医术高明,还会劁猪。当时在农村,谁家的母猪生猪崽子，都找她父亲。她的父亲很善良，有求必应，哪怕是半夜，哪怕是翻山越岭，也要赶过去帮助人家。父亲说农民太不容易了，咱能帮就帮一点。

"那几年，我虽然小，但好多事都记得，日子过得挺苦的。我的母亲在青年点给知青们做饭，记得有一次母亲做完饭回来，带了一碗黏大米饭。桓仁虽然是产大米的地方，但是我们都没吃过这样的黏米饭。当时我们都睡了，母亲回来后叫醒我们，说快起来，看我给你们带什么好吃的了？母亲拿出那碗饭，香味直扑鼻子。我们都坐起来，围着被就开始吃，那饭可真香啊。"

曲冬梅说："我是经人介绍认识的国孝，之前知道这家人家，因为他们家当时在桓仁很有名。他们老杨家的人长得都很帅，他的父亲大高个儿，是老干部，母亲长得也好。国孝有两个哥哥，大哥我没见过，当过兵，退伍后在本钢一个厂子当保卫科科长，那时候本钢工人住房很困难，好多人都住那种简陋的小偏厦子。大哥结婚不久，因为煤烟中毒去世了。母亲因为这件事受了刺激，身体一直不好。

"二哥也是当兵的出身，是海军。那个年代穿着海军军服走在桓仁的大街上，大姑娘小媳妇谁不想多看几眼。二哥退伍后在县医药公司上班，管销售，走南闯北，见多识广，讲普通话，声音有磁性。

"当时他们老杨家在桓仁是有名的大户，住着大别墅，家里有存款，外面有生意。后来二哥也辞职，兄弟俩一起做生意，他们主要是经营人参加工，当时万元户已经就很了不起了，但他家呢，不是万元，是几十万甚至上百万。但说实话，我不是冲他的钱去的，杨国孝虽然做生意，但人很朴实，我父亲就是看中他这一点。当然，杨国孝年轻的时候也很帅。"

我说："现在也很帅。"

曲冬梅说："不行，现在胖了。其实我看中的并不是他家里有钱，而是国孝这个人。国孝这个人呢不善言谈，扎扎实实不浮躁，做什么事不做成不罢休，我就看中了他这一点。

"杨国孝的善良是继承了他母亲的基因。我听国孝讲过，二十世纪五十年代，国孝母亲最喜欢的东西不是手表，也不是自行车，而是缝纫机。结婚不久，父亲省吃俭用，攒了将近一年的钱，买了台缝纫机。母亲手巧，没有缝纫机的时候，就起早贪黑手工给孩子做衣服，人家都以为是父亲出门在外地买的呢。有了缝纫机之后，自己家的活儿干完，就给邻居家做。过年的时候，邻居买块布，母亲就给裁，给做。母亲热心肠，人也善良，还懂点医术，谁家有困难都帮。自从大哥去世后母亲身体就一直不好。

"我嫁过来的时候，国孝的父母都是肺心病。他母亲的病，是因为大哥去世之后过于伤心落下的，最严重的时候卧床不起。他的父亲也是因为失去大儿子，身体状况一落千丈。

"我们家是一个很传统的家庭，父母从小就教育我们，一个女人要有女人的样儿，嫁到人家要孝敬公婆。我嫁给国孝后，就尽一个儿媳妇的责任，端茶倒水，洗衣做饭，侍候公婆，给公婆从来都做小灶。再苦再累，没有一句怨言，一直到国孝父母去世。

"人都说好日子是珍惜来的，如果不知道珍惜，好日子就会离你而去。由于二哥经营不善，想走赚钱捷径，结果没几年工夫，一个富有的家庭就变得一无所有。我和国孝是净身出户，身无分文，到外面租房子住。

"女人就是这样，嫁鸡随鸡，嫁狗随狗，有钱时我跟你，没钱时我照样跟你。因为我前面说了，我不是冲他钱去的，如果是冲钱，有钱时跟你过，没钱时一个穷光蛋，早离开你了。那段时间我们日子过得挺苦，但是呢，虽然苦，也有快乐，虽然累，但心里很踏实。因为我们做的是自己的生意，而不是给别人打工，是为我们自己干。我其实挺佩服国孝的，他那种扎实劲，挺适合做生意。他话少，愿意琢磨，总是想把自己的产品做到更好。在他的那些生意圈里，他讲信誉，不说过头话，所以大家都很信服他，愿意和他合作。

"不过，常在河边走，哪有不湿鞋。国孝有过成功，也有过失败。有一次，香港的一位老板来跟国孝合作，让国孝生产一种人参制品，承诺说，国孝只管生产，销路由他来解决，有多少要多少。因为过去跟这个老板有过交往，觉得信誉还不错。于是国孝加大投入，扩大生产。没想到，产品生产出来之后，老板失踪了，联系不上，产品积压，堆在仓库里。

"怎么办？谁叫你脑瓜一热，自己没有进行市场调研，就轻信香港老板的一面之词。当时为了生产这个产品，一下子投入五百多万，结果这五百多万的产品全都压在手里。实际上我们每年挣的钱大多数都投到了山上，流动资金并没有多少，一下子投入这五百多万，全是银行贷款，那都是真金白银哪。

"国孝非常上火，自尊心也受到了打击。胜利会冲昏人的头脑，失败也会冲昏人的头脑。国孝那段时间吃不好睡不好，他想从哪里跌倒再从哪里爬起来，脑袋一发热还想继续投入，要把损失的钱挣回来。就像赌博一样，输了就想捞本，结果只能越输越惨。

"我就劝国孝，我们没有那么多路子，也没有那么多资金，如果要扩大生产的话，一定要慎重再慎重。我说，现在的形势，做生意哪有一帆风顺的啊，失败不要紧，要接受教训，只要接受了教训，我们还是有力量重新站起来的。我们毕竟只损失五百多万，这点钱说多不多，说少不少。没关系的，现在的关键是，你要注意身体，只要有一个好身体，我们还是能把钱赚回来的。你看你，这些日子愁眉苦脸的，吃不好睡不好，一旦身体垮下去了，是几百万也买不回来的呀。另一方面呢，这次也是一个教训，今后投资扩大生产要慎重。自己不擅长的方面咱就回避一下，擅长的地方就多努努力。"

我和曲冬梅正唠着，杨国孝从山上回来了。

他接过话头说："有时候男人看重的是面子，面子这东西挺害人的。自己赔了五百多万，就觉得挺丢人的，怕同行笑话，怕媳妇看不起，所以就着急上火，恨不得一下子把损失补回来，其实赚钱哪有那么简单，如果头脑发热继续投资，只能越赔越多。冬梅不是那种把钱看得很重的女人，我赔了这么多，她没有一句埋怨的话，反倒一直在安慰我。这就让我安稳多了，能够静下心来，寻找新的方向。后来变卖了一部分产业，把窟窿堵上了。"

我笑着说："做生意最怕的就是被人埋怨，生意赔了本来就上火，夫妻之间再产生矛盾，不但生意没法做，就是日子都没法过了。"

杨国孝说："冬梅这个人哪，平时她对你的生意不闻不问，你怎么做她都不管你，但在关键的时候，一句话就给你提了个醒，让你烦躁的心顿时就安稳下来，冷静下来。"

曲冬梅说："那段日子实际上是挺困难的，现在好了，困难时期已经过去了。欠下的债也都还得差不多了。虽然有些产品还没有销出去，但是没关系，我们慢慢消化吧，没问题。

"我们在一起生活三十多年了，困难时有过，快乐时有过，没钱时有过，有钱时也有过，国孝从来没变过。没钱时这样，有钱时还是这样，从来没有像有些人有了钱了，就不知道自己是谁了，趾高气扬，大吃海喝，胡花乱造。他有时间就上山，不讲究吃，不讲究穿。我们这一辈子很恩爱，作为一个女人我已经很知足了。"

杨国孝说："人一辈子其实就讲究一个缘字，放山的人和人参是一种缘。婚姻也是这样，天底下的男人那么多，女人那么多，为什么偏偏我们两个人走到了一起，是偶然的吗？不是，老百姓说的命中注定，其实就是缘分。

　　"我这些年搞人参，从中也参出很多道理来。人的一生有很多磨难，即便是在外人看来有多幸福的人，有多成功的人，其实也是要经历很多磨难的。和人参一样，越是老人参，便越多伤疤。人参有很强的再生功能，芦头损坏了，它可蛰伏两三年再生，你看人参头上的芦碗，像一个个珍珠般的疙瘩，那就是人参在生长过程中伤口自我修复时留下的痕迹。

　　"人要向人参学习，要知难而进，更要知难而退，要懂得蛰伏，要学会自我修复。社会复杂，商场险恶，没有生存智慧，没有适应能力，只能一败涂地。"

　　我说："原来人参身上，还有这么多的'人参'哲理呢。"

冬生是个好帮手

　　杨国孝身边有一个好帮手，就是他的妻弟曲冬生。

　　曲冬生是个很认真的人，姐夫杨国孝把我交给他，他生怕没完成好任务。中午吃饭的时候他对我说："王老师你喜欢吃什么？别客气，桓仁虽然是个小县城，但好吃的东西也不少。"

　　我说："我这个人粗茶淡饭惯了，咱们就两个人，简单一点。"

　　冬生说："那我带你去吃点有特色的吧？"

　　我说："不用费事，我就想吃点农村的大楂子小咸菜。"

冬生说："不行，我来不了，小的时候在农村老吃这个，我都吃腻了，吃烦了，不想再吃了。"

我说："听你姐说你们下过乡？"

冬生说："是啊，我们家从县城下放到普乐堡公社胜利村，我就是在那个村里出生的，所以小名就叫胜利。普乐堡这个名挺好的，意思是普天同乐。可那时候哪有什么乐呢？我七八岁的时候全家才回到县城。"

我说："听你姐姐说你们小时候家里挺苦的，你父母不是都有工资吗？"

冬生叹口气说："父母一个月工资加起来才五十多块钱，六口人啊，能不困难吗？那个时候哪有肉啊，买点东西都得凭票，连青菜都没有。桓仁一直是国家级贫困县。直到这十几年，老百姓的日子才一天天好起来，贫困县的帽子才摘了。"

曲冬生对他姐夫非常佩服，说他天生就是做生意的料，他市场看得准，机会抓得住。都让他当厂长了，可他说不干就不干了，一般人做不到这一点。曲冬生拿自己做例子，说自己如果早点和姐夫一起下海种人参，不多赚，起码也是百万元户。但问题是自己没有那个勇气，不敢冒那个风险，有一个铁饭碗，有一个稳定工作，这就知足了，小富即安。可是靠工资吃饭，也就维持个温饱，有谁富起来？

曲冬生说得有道理，人一旦有一个安稳工作，没有什么特殊情况，很难有勇气把工作辞掉。而且下海也不是那么容易，当年很多机关干部尝试下海经商，很快就呛水上岸，真正在商海拼搏成功的是极少数。很多年轻人不理解，说当年国家政策那么宽松，机会那么多，要是我肯定辞掉工作，下海做生意。其实他们不知道商海的风浪有多惊险，即便是成功者，哪个不是伤痕累累呢？就拿曲冬生来说，他在县保险公司工作，从业务员干起，一步一步干到了桓仁分公司经理，可见他的工作有多努力，能力有多强，况且公司的待遇也不差，他能轻易辞掉这个工作吗？

杨国孝的成功是家族几代人奋斗的铺垫和经验的积累，如果他没有家族放山的传承和经商的熏陶，没有供销社工作的经历，没有通化、集安收购人参的历练，他也不会轻易就走上这条路的。

现在，因为年龄和身体的关系，曲冬生已经退出工作一线。有时间也有精力参与姐夫的事业，成为杨国孝的得力助手。杨国孝的人参事业越做越大，商业往来也越来越多，迎来送往的事也多了起来。所以凡有客人来，曲冬生便负责接送，安排吃饭住宿，陪同参观。其实这个活儿也不是好干的，不是你只要心细周到服好务就行的，来往的客人不但需要从你这里了解桓仁的风土人情、历史典故，更重要的是从你这里了解人参的知识，像桓仁人参的历史，市场上人参的种类，林下参和野山参、园参的区别，林下参种植的技术，甚至包括有关人参的民间故事，都需要有一个全面的了解。不然客人问到的时候，一问三不知，或者说得张冠李戴，驴唇不对马嘴，非起到负面作用不可。所以曲冬生很注重这方面的学习，一个是注重和姐夫杨国孝学，另一个就是从书本上学，从手机上找。

我问："今年林下参市场怎么样？"

曲冬生说："今年林下参的销路特别好，购买的人主要都是杭州的大老板，有的人一买就是十几万，还有的一出手就是几十万，有的开店销售，有的是作为礼品。别看人参生长在咱们辽东，但是辽东普通的老百姓家庭有几个吃人参的？但是南方，特别是杭州、上海、广州，那里的人对人参情有独钟，很讲究人参的吃法，那里的人参文化比我们这里厚重多了。"

曲冬生说："从清朝开始，杭州一直是中国最大的人参消费地区。

在杭州的河坊街，销售人参的老字号一家挨着一家，成为野山参的集散地，而且价格很高。在清代康熙年间，一斤头等参白银八十二两，到乾隆年间，就涨到了一斤二百七十二两。清代的人参主要供给官府，但是官府用不了，便高价卖给南方特别是杭州的一些官宦和富商人家。"他说，从清朝开始，大量的人参就拿到杭州等地卖高价。《红楼梦》中林黛玉祖籍苏州，在扬州长大，从小体弱就吃"人参养荣丸"补身体。

曲冬生还告诉我，目前，十五年的林下参在桓仁地区的干品售价每公斤可以卖到一二万元，而拿到南方市场上每公斤能卖到三四万元，行情好时，能卖到每公斤六万元，二十年的售价则更高。

我惊讶道："这么贵，怪不得东北的老百姓很少吃。"

曲冬生说："一个是文化传统的原因，东北的老百姓对人参文化认识不足。另一个原因就是东北的经济发展没有南方快，老百姓的收入也没有南方高。但我想，终会有一天咱们东北经济发展了，老百姓收入增加了，而且林下参发展得多，价格也降下来，咱们东北的老百姓也能吃得起人参了。"

我说："但愿如此。"然后我又问道："你们是通过什么渠道把人参卖到南方呢？"

曲冬生说："目前主要是靠老客户，因为姐夫从事林下参种植的年头多，有信誉度，很多客商直接找上门来。另一个我们自己也加大宣传力度，参加一些商品交易会、展览会等，效果总体来说还不错。姐夫的公司平时没有固定员工，但是一旦订单来了，马上雇人，所雇的人也是在我们公司干了多年的人。他们对山参进行清洗烘干做型，然后再钉板。这一切完成后，姐夫带着我，亲自到杭州送货，我们俩轮换开车，人歇车不歇，两天到杭州。货送到后，姐夫有些业务要谈，有些活动要参加，我就自己把车开回来，回来的路上就不着急了，走走停停，有好玩的景点也去看看。这几年，我走了不少地方。"

我问道："为什么不用快递呢？现在快递既方便又快捷？"

曲冬生说："快递方便是方便，但不安全，容易丢失。姐夫还是愿意亲自把货送到买主手里，一个是放心，让买主当场打开看，当场验货。另一个还能够建立长期的感情。"

我问："现在网上直播带货非常好，你们为什么不采取网上销售的方式呢？"

曲冬生说："一开始也搞了一下直播，网红打卡地，来了几十个人，尝试着播了几天，效果不是很理想，网红对人参不了解，说不到点子上，效果欠佳。而且还容易把参踩坏。热闹倒是热闹了，但不如把货摆到桌面上好。你想，人参是蒂货，长在地下，网红播的时候，网友只能看到人参的茎，看不到人参的本来面目，岂不就像赌石一样，不会有很多人参加。还有的人在网上以假乱真，以园参冒充林下参，扰乱了市场。"

我问他："从你的角度看，杨国孝为什么生意能够成功？"

曲冬生一旦打开话匣子，便滔滔不绝。他说："都说姐夫是天生的生意人，人缘好。其实所谓的人缘好，就是善良、实诚。凡是和他做生意的南方客户，只要和他接触，就立马产生信任感。他说话实实在在，没有一句虚的。他的货从来都是货真价实，客商要什么样的货，说是多少年的参就是多少年的，没有半点假。

"还有摇钱树村的老百姓对我姐夫也是有口皆碑，因为我姐夫和摇钱树村的老百姓有感情，对他们像自己的家人。种林下参的那些年，谁家买不起人参种子他主动送给他们。林下参种植有很强的技术性，如果掌握不好，就会血本无归。我姐夫毫不保留地给他们进行技术咨询，甚至随叫随到，现场指导。有的村民人参没销路，他主动给介绍客商。过去讲同行是冤家，教会徒弟饿死师傅，我姐夫不那么看，他说世界那么大，人口那么多，适合种人参的地没几块，再说，大家都富裕了有什么不好呢？

"姐夫对家人就更不用说了，对两个小舅子非常好，不管谁有困难，他都慷慨解囊。我哥哥曲东立要做生意，他一下子给拿了几十万。生意遇到挫折要打官司，姐夫花钱给他找最好的律师，他说咱不欺负别人，但也不能被别人欺负，一定要把官司打赢。但是，官司虽然打赢了，被拖欠的钱款还是没能都要回来。

"对我也是。姐夫忙的时候就喊我来，有客人来都是我帮着开车接送，姐夫那人讲究，从来不会让你白干。有一段时间我心脏不好，大夫说必须下支架，大夫问下国产的还是进口的，国产的便宜，医保能报销一部分，进口的不仅价格高，还要自费。姐夫知道后，说下支架不是小问题，一定要最好的，马上让姐姐把钱打了过去。"

从曲冬生的讲述中，我能感觉到，对这个姐夫，他是打心眼里佩服。

第七章

携手同行

咱们一块儿富起来

杨国孝始终无法忘记在摇钱树村雇人种人参时的情景，那些村民争先恐后地来给他打工，为的就是挣每天那十块钱。他感慨道："农民太穷了，生活太苦了。"他发誓，如果有一天自己有能力了，一定把摇钱树村的村民也带起来，让他们也能过上富裕的生活。

杨国孝的同学孟昭敏，中学毕业后就回乡务农，后来还做了村书记。今年六十岁了，一辈子没离开过摇钱树村。

那天和他见面时，杨国孝说："我有今天，全靠村里的支持。"

杨国孝说的不是客气话，但是孟昭敏却不这么看。

他说："国孝啊，我说你就实惠，什么叫支持？说白了，在当时啊，你是摸着石头过河呀。我们呢，不过是个看客，看你是怎么过的河。你只有平安地过了河，我们才敢下水。如果你半路上跌倒，甚至淹死了，我们这些人没人会水，谁能救你？还不是得靠你自己？当时我们只能在岸上看着，给你几句鼓励的话。不过，希望你能成功这一点是真的，因为一旦你成功了，也能把我们都带上，一起蹚过这条河。现在的摇钱树，家家都有自己的产业，没有你在前面试水，我们谁敢下河？"

孟昭敏说的也有道理，都说要让农民富起来，怎么富，干什么才能富，不但得有路，还得让大家看到这条路可行，这样大家才会跟上去。但这个蹚路的人，确实冒着极大的风险，用鲁迅的话说，那人就是"第一个吃螃蟹的人"，是勇士。

孟昭敏和杨国孝是中学同班同学，两人关系非常好，杨国孝能来摇钱树村，到供销社工作，实际上也是奔着这位同学来的。有同学在这里相互之间也是一个照应。种林下参选择摇钱树村，和这位同学也有关系。

叫了多少年的摇钱树村，可过去村里并没有能让村民致富的"摇钱树"，直到启动了集体林权制度改革，这里的山山岭岭才种下了真正的"摇钱树"。

我问："林权制度改革是怎么回事？"

孟昭敏说："解放后，林子一直是集体所有，即便是改革开放后，实行家庭联产承包责任制，土地分产到户，山林也还是归集体所有。直到2005年，辽宁才开始搞集体林权制度改革，将集体山林也像土地那样，'包林到户'，摇钱树村的村民平均每户分到一百来亩林地。老百姓的积极性上来了，因为他们看到杨国孝的成功。

"杨国孝对摇钱树村是有感情的，'文化大革命'的时候，把摇钱树村改称东胜村，东方的东，胜利的胜。后来国家开始恢复老地名，当时有人说'摇钱树'这个村名太俗，不如起个新名，村里也一时拿不定主意。我就咨询杨国孝，杨国孝想了想说，从感情上说，他还是建议叫摇钱树。摇钱树这个名字多好啊，寓意吉祥，守着摇钱树，还愁没钱花？想不富都难。大伙都说国孝说得对，还叫摇钱树村吧。果然，林权制度改革之后老百姓家家种下林下参，真就种出了摇钱树。

"对种林下参，当时谁心里都没有底，看杨国孝一下子投了那么多钱，我们也都替他担心捏一把汗，那可叫真金白银。如果收不回来，那不都白投入了吗？谁敢保证肯定能成功？说心里话，我们都在看着他，怕他失败。那些年，农村迫在眉睫的问题就是如何解决农民的温饱问题，然后才是致富问题。

"实行联产承包责任制后，肚子问题很快解决了。但是致富问题却成了老大难，我这个当村支书的也没辙，想不出什么好招儿。当时桓仁都是这样，或者说全国都大同小异。养鸡、养鸭、种药材、栽山楂，不是失败，就是收益不大。农民也怕了，干什么都不挣钱，光往里赔，谁还敢干啊。

"刚开始杨国孝来摇钱树，请大家到他的工地上去干活儿，大家总算有了收入，起码有了零花钱。再说，干活儿的过程也是学习的过程，看他怎么种林下参。后来他把人参卖了，卖了很多钱，这可是真正的真金白银，大家瞅着了，切身体会到了，看到这是一条路，觉得这条路我们也可以走。

"杨国孝是真心想让村民都富起来，他鼓励村民，说你们放心，种林下参保证赚钱。可是真要干起来也不容易。种林下参投入大，见效慢，技术要求高。村里人没有钱，首先人参籽就买不起，那需要不少钱哪。杨国孝这人的境界就在这，他免费给大家提供人参籽。我曾经提醒过他，你这人参籽挺贵的，村民挣来钱行，挣不来钱拿什么还你？杨国孝毫不犹豫地说，没关系，乡里乡亲的，不差那几个钱。

"没有技术怎么办？杨国孝说你们放心，他来教。杨国孝真是手把手地教，毫无保留地教。老百姓有一句话，教会徒弟饿死师傅，这是多少年传下来的一句至理名言。可是杨国孝不在乎，他信心满满地说，教会你们这些徒弟，他这个当师傅的也饿不死，你们放心。村民听了心里都是暖的。

"毕竟和过去生产队不一样，村民单打独斗，势单力薄，规模小，抗风险能力差，特别是分到林地种林下参之后，这种弱势就充分暴露出来。没有技术，不会管理，全村这么多人，大家都等杨国孝一个人来指导，他就是累死也不行。销售也是一个问题，没有渠道，林下参收获了，卖到哪里？拿我来说，中学毕业就回乡务农，没做过买卖，连县城都很少去，上哪找买主？即便找到买主，价格怎么谈？人参多的可以远点走，到南方去卖。人参少的要是也去南方，还不够路费钱，成本太高。再者没有市场信息，不知道往年什么价，更不知道今年什么价，卖高了人家不买，卖低了就太亏。

　　"后来看到很多地方成立合作社，就想，如果把农民组织起来，成立合作社，把推广、普及农业科技作为服务的主要内容，把村民在人参栽种过程中遇到的问题和销售中存在的问题，通过合作社一并解决。"

　　于是孟昭敏便和杨国孝商量，由他出面，成立一个农民合作社，帮助农民致富。当然他知道，成立合作社对杨国孝来说，不但没有一分钱的好处，还要付出巨大的精力。孟昭敏想，要是他怕麻烦不愿意干怎么办？那就用老同学的面子，给他做做工作。

　　没想到，杨国孝一口答应下来。

　　2012年，摇钱树村成立了"桓仁正植林下参农民专业合作社"，杨国孝担任法人。合作社主要提供组织采购、供应成员所需的农业生产资料，组织收购、销售成员所生产的产品，对成员开展技术培训、技术交流和咨询服务，等等，村民受益匪浅。

　　其实这个合作社，是一个松散的民间组织，之所以让杨国孝当法人，就是因为他有技术，热心肠。有了这个组织后，谁有什么问题，杨国孝随叫随到，亲自到现场进行技术指导，不收钱，是免费的。

　　村民说："我们就是佩服杨国孝这种认真精神，他没有因为不收费就敷衍了事，而是把我们的事情当成他自己的事情。有的时候哪儿出问题，他和我们一样着急，宁可饭不吃，觉不睡，也要把原因找出来，直到把问题解决。比如，有村民的山参在生长过程中出现生锈问题，很棘手，杨国孝就在现场反复查看，从栽种到环境到水土，直到把问题解决才罢休。"

杨国孝说："说是责任也好，说是奉献也罢，我认为摇钱树的村民不容易，本来就没有钱，又投入那么多，一旦失败，他们这辈子就休想翻身。再说，我也是有压力的，因为摇钱树的村民种林下参，是我带的头，如果成功，便是带了一个好头。如果失败，那就是带了一个坏头。村民都投入那么多钱，有的东挪西借，有的银行贷款，如果不成功，你还让他们活下去不？所以，我必须尽全力，确保村民的林下参种植成功。"

我说："你就没想一下，如果全村的人都种林下参，对你的林下参也是一种影响啊。"

杨国孝说："做生意不能只想着自己赚钱，不能垄断，有竞争是好事。当然，也有人说，如果你把你的手艺教给了别人，大家都会了，你还会赚到钱吗？这个问题需要这么看。比如说你在一个地方开了一家饭店，只有你一家的话，你的客人就很少，因为没有选择的余地，大家就不想来。如果形成一条街的话，大家就会蜂拥而至，你的生意会更好。有人会说，哎呀，物以稀为贵，东西越少你不就越值钱吗？事情不是这样，你要知道中国的市场有多大呀，仅仅桓仁和吉林这些地区的人参远远不够，中国市场才仅仅开始，很多老百姓根本就没有接触到人参。因为现在人参还很贵，他们吃不起，如果人参多了之后，价格下来了，成为普通老百姓的养生品，这岂不是一件好事？

"如果摇钱树整个村子都能富起来，那我杨国孝该是什么样的心情啊？说句心里话，这个村子里的村民我从小就认识他们，他们对我非常好，现在我有能力，我为什么不报答他们呢？所以我要帮助他们，这样大家一起富，共同富裕，这该多好啊。"

接着，杨国孝的一番话让我震惊，他说："一个地方如果就你一个人富的话，别人会忌妒的，就会有人来毁坏你的人参，偷你的人参，甚至抢你的人参。到那个时候，你就是看也看不住。怎么办？路只有一条，就是大家一起富。大家都种人参，都赚了钱，就不会有人忌妒你了。打个比方，如果你有一百万，其他人穷得连饭都吃不上，你的日子会好过吗？别人不会羡慕你而会忌妒你，忌妒可不是什么好事，会发生什么后果很难预知。过去那些地主资本家一味地搜刮民财，把老百姓逼上绝路，最后的结果都不咋好，而那些对长工好的地主，对工人好的资本家，即使出了事大家也愿意保护他。"

杨国孝的话虽然朴实，却说出了一个深刻的道理，甚至超越了基尼系数的理论。基尼系数关注的仅仅是贫富差距问题，为贫富差距划了一条"红线"。杨国孝却是用实际行动去解决贫富差距，先富带后富，最终在摇钱树村实现了共同富裕。

摇钱树下话今昔

在去山参谷的路上，看到有好几处这样的标语：山山岭岭摇钱树，沟沟岔岔聚宝盆。一开始，摇钱树人说这句话的时候还有些遮遮掩掩，甚至有人还不太敢相信。但是现在，他们可以理直气壮地说："在我们摇钱树村，就是'山山岭岭摇钱树，沟沟岔岔聚宝盆'。"

孟昭敏说："我们摇钱树村是个好地方。吉林也有林下参，但是，他们的林下参没有我们的品相好，假如我们的一斤能卖到五千元，他们的卖不到一千元，就这么大的差距。原因是我们这里植被、湿度、坡度非常适合林下参的生长。而吉林大多是平地，所谓的长白山，只要你进去看就明白，他们那几乎都是平地的，没有坡度，水分容易存下来，湿度太大，不利于人参生长。

"不光人参，我们这个地方生产的山菜，比如大叶芹和刺嫩芽，各地方的人都喜欢。有的人买山菜就专买摇钱树的，有些商贩为了卖个好价钱，也打着摇钱树的名号，但其实我们摇钱树的刺嫩芽要比别的地方晚下来十天左右呢。还有蛤蟆也是这样，一听说是摇钱树的，那就准能卖上好价钱。国家分类普查时说我们摇钱树的蛤蟆个头大，油脂高，把摇钱树的蛤蟆命名为'中国林蛙'。蛤蟆很贵的，饭店里一个要三四十元，一盘二三十个就是千八百元，那东西有营养，好吃。杨国孝的林子里也养林蛙，一年赚个三五十万很轻松。"

但就是这样的好地方，当年农民却穷得叮当响。

孟昭敏说："我小时候家里穷，连学费都交不起。放假的时候，上山打树籽卖钱交学费。每半个月从家里背点苞米楂子、苞米面上学校，没有一点菜。好一点的家里给拿点咸菜，再好一点的给炸点大酱。学校食堂哪有什么好吃的呀，就是窝头菜汤，冬天酸菜汤，夏天白菜汤，也没有个油。学校要开运动会，得提前一个礼拜开始哭，哭晚了，运动会开完白鞋也买不上。

"我们这些农村学生，比不了杨国孝，他家是城镇户口，吃商品粮的，我们老羡慕了。念书时没事就去他们家玩。他妈妈人可好了，家里有什么吃的都给我们拿出来，那时候岁数小，正是长身体的时候，刚吃完饭就饿。有一次去他家，正赶上他妈蒸馒头，他妈真舍得，把大馒头拿出来给我们吃。那个大馒头雪白雪白的，是我有生以来第一次吃，以前别说吃，见都没见过。味道真好，一生难忘。"

杨国孝说："我们家平时也吃不到，那次是过节让你赶上了。"

我说："也难怪他母亲馒头蒸得好吃，人家祖辈就是一路卖着馒头闯关东的。"

孟昭敏说："那时候城镇户口高人一头，每个月都有细粮。"

杨国孝说："细粮就几斤，家里粮食不够吃，还拿去换粗粮，可以多换一点。"

孟昭敏说："那时流传一句顺口溜，也不知是谁编的，说是'大米干看（饭），猪肉走（肘）着，鸡蛋搁（糕）着，粉条留（流）着'。"

孟昭敏说："我们家穷，还有比我们家更穷的。那时候老百姓家要是吃个罐头什么的，了不起呀，让人羡慕。谁家里如果窗台上摆的空罐头瓶子多谁家就牛。所以，那时候罐头瓶子都不扔，摆到窗台上，让来人看。"

孟昭敏讲了一件他小时候的事。

他说，小时候，有一次过年，亲戚给奶奶送了一瓶桃罐头。奶奶不舍得吃，就摆在立柜上，那地方显眼，来人都能看到，瞧，我们家也有罐头。在孟昭敏看来，这是奶奶有生以来收到的最贵重的礼物。

孟昭敏天天看着那瓶罐头，心里琢磨着那是什么味道呢？他想了一个点子，既能尝到又不被发现。他偷偷找一个细小的钉子，趁家里没有人的时候，用小锤子悄悄地在罐头盖上钉一个小眼，然后把罐头对着嘴，罐头水从里面渗了出来，一滴两滴，那甜甜的味道一下子让他醉了。他不敢多喝，怕被发现挨揍，赶紧放回去。

奶奶和家里人去地里干活儿，回来后谁也没有发现。孟昭敏说那罐头的味道实在让他魂牵梦绕，睡觉做梦时都在回味。第二天终于忍不住，又去喝了几滴，家里人依然没发现。

有一天，奶奶身体不舒服，躺在炕上，爸爸说把那瓶罐头起开，你吃了吧。说着爸爸就去拿那罐头，结果发现罐头上面长了白毛，再仔细一看，原来上面的盖被扎了一个小眼儿。爸爸立刻明白了，他把孟昭敏喊过来，气得满脸通红，说，你看你干的好事，这瓶罐头都长毛了。说罢就要动手打他。孟昭敏吓得嗷嗷直叫，奶奶急忙下地护住孙子，对爸爸说，吃就吃了，你别打他。快把罐头打开，看看坏了没有？奶奶尝了一下，说没事，能吃。对孟昭敏说，拿去吃吧。

孟昭敏说，那个时候，家家都这样，实在是太困难了，如果能吃上一根冰棍，那是老奢侈了。冬天哪有什么青菜呀，酸菜炖土豆，土豆炖酸菜，想买双棉鞋都很难，没有棉鞋垫，就用苞米叶子梳一梳，垫到鞋里。

改革开放后，摇钱树村发生了很大的变化，包产到户老百姓能吃饱饭了，但一直没有富起来，因为没有找到致富的方向。

孟昭敏说："我们摇钱树这个地方，山高林密，过去因为交通不便，信息不通，根本就没有地方打工。先前供销社办了一个加工厂，去通化和集安这些地方收了一些园参，进行加工，但效益不太好。

"自从杨国孝来到摇钱树村，在他的带领下，老百姓种起了林下参，通过林下参种植，现在村民都富起来了。说心里话，城里人如果靠工资，一辈子都挣不到我们这些钱。现在摇钱树的村民，家里存款百多万的人稀松平常，那都算少的，有的还更多。

"现在，我们农村人也都进城里买房子了，但是我们都不去住，上那去住干啥？没意思，有孩子上学或者工作那没办法，只好到城里。像我们这个年纪的，压根就不想去。现在农村什么都不比城里差，城里有自来水，我们也有啊；过去农村厕所露天，不如城里，现在我们的厕所也都是水冲的厕所了，也都在屋里。城里有暖气，冬天不遭罪，现在我们也都有暖气了，冬天比城里还暖和，热炕头，好舒服。我家里一百多平方米的房子，取暖费一年也就三千多块钱。城里有钱人住腻了楼房，开始住别墅了，你看我们的房子，比他们的别墅强多了。我们房前屋后可以种点果树、花草、青菜，吃的菜是没有化肥的，喝的水是没有污染的，吃的鸡蛋鸭蛋都是自己家鸡鸭下的，吃的猪肉都是黑毛的，真正的笨鸡蛋、笨鸭蛋、笨猪肉。城里人还得托关系从我们这里买，得提前定，没有关系的想买还买不到呢。

"我们现在因为养参，每个人的身体都非常好，三年疫情我们都躲过去了，身体不好的能赶上一次，身体好的阳都没阳。后来全面放开，有的人阳了一两天也就好了，就和轻感冒一样。这是什么原因？就是我们平时吃人参增加免疫力呀。所以说吃人参对身体还是有很大好处的。我有上海的朋友，我给他们寄了人参，他们吃了之后，新冠症状就非常轻，人参对人体细胞有再生的功能。

"过去我们这边家里有个牛车毛驴车手推车就不错了，后来家家都买摩托车，再后来摩托车过时了，老百姓家家买轿车。现在轿车也过时了，你看美国的农场主都开什么车，都是皮卡车，跑起来浑身是劲。现在摇钱树也兴起皮卡车了，一辆皮卡二十万到三十万，全款买车，不心疼。咱这里山高林密，皮卡车四轮驱动，上山爬坡有劲儿，还能装货，村民都喜欢。家里产业大一点的，怎么也得有好几辆车。雇人干活儿上山，就得有皮卡车，平时自己用得有台轿车。生意做大一点的，常有朋友来谈生意来参观的，还得有一台七座的面包车。

"过去农村人见到城里人多少都有些拘谨，骨子里透出一种自卑，为什么？因为穷，是农村户口。可是现在不同了，摇钱树的人根本就不羡慕城里人，城里人的日子未必有我们过得好。

"过去摇钱树的姑娘找对象，都争着往外村嫁，本村太穷。小伙子都老大不小了，找不着对象，一听摇钱树的，没人给。现在，摇钱树的姑娘小伙儿可不是从前了，找对象的标准都可高了，人家一听说是摇钱树村的，姑娘愿意嫁过来，小伙儿也不挑三拣四了。

"现在家家都在城里买了房子，即便是一个普通人家，儿子结婚也要到县城去买房子。有的在市里、省里甚至在北京、上海都买了房子。

"买了房子，但没人愿意去住，为什么呢？因为县城里没有熟人，找谁唠嗑去呀。我们在乡下住，平房非常方便。我就有一种很知足的感觉，我今年六十岁了，虽然前半生受了很多苦，但是后半生，尤其改革开放后这些年，种了人参，在国孝的带领下，我们真的富起来了。"

我问："从你的眼光来看摇钱树，你看到的最大的变化是什么？"

孟昭敏说："人们评价摇钱树村，大都只看到摇钱树人从贫穷到富起来的变化，钱包鼓起来了，银行有存款了。其实这只是生活的变化，是外在的变化。而在我看来，最大的变化应该是精神的变化，民风的变化，摇钱树人更自信了，更勤劳了。最让我感动的是，这个村子里，人们早上四点就起来，六点就出车，最高峰的时候在早上五六点钟，村里皮卡车、三轮车、摩托车、"半截美"，全都发动起来。谁能想到，一个小小的小山村，竟然出现车水马龙的状况，十分壮观，这是过去人们不敢想象的。过去生产队的时候，队长得早早起来敲钟，喊人们起来下地干活儿，大家都懒洋洋的。到地里干活儿，就开始磨洋工。其实也难怪人们没有积极性，一年到头挣不了几个钱，好一点的生产队一年才二三百块，现在一天就得给人家三百块钱，你还雇不着。为什么？家家都有人参，都在雇人，只能到附近村去雇人，还得给高价，少了没人干。

"过去地里的苞米收下来，得赶紧拉走，不然就被人偷走。可是现在呢，你就扔在地上也没有人捡。过去有点小钱就赶紧凑几个人打麻将、打扑克。现在谁有时间玩那个呀，平时忙得脚打后脑勺，哪有工夫扯闲篇儿。现在村民到一起，就是切磋人参种植技术，碰到哪些问题，怎么发展，怎么多卖钱，现在的市场怎么样，明年的行情怎么样。有好的办法谁也不瞒着，有好的销路都相互传递，为的就是把人参卖个好价钱。

"过去穷的时候谁家日子过好了，被人忌妒，现在谁挣了大钱，大家都替他高兴，因为价格上去了大家都会受益。现在手机方便，村民看到的东西也多，眼界也更开阔，像高丽参进入中国市场了，它的价格怎么样了，西洋参现在怎么个行情了，还有像俄乌战争，巴以冲突，对人参市场有没有影响，他们关心的是这个。你看，这就是带头人的作用，他不但让这个村的人富起来，还把这里的民风给扭转了，给带动起来了。

"人都说'摇钱树'这个名起得好，但是摇钱树村还是那个村，山还是那座山，人还是那个人，可过去为什么摇不下钱来，老百姓还那么贫困？现在呢，还是那句话，村还是那个村，山还是那座山，人还是那个人，但现在就富起来了。这就是政策问题，有了好的政策，人才能富起来。但是问题又来了，同样的政策为什么有的地方富起来，有的地方还是贫困呢？还是那句话，就是一个带头人的问题。所以杨国孝的作用不可低估，没有他，没有他的林下参，摇钱树还是摇不下钱来。所以有一个好的政策，有一个好的带头人，无论什么地方，改变贫穷都指日可待。

"说句心里话，我现在很有成就感。你看，从家里开车到山上，那山是你的，林子是你的，林子下面的人参是你的，看着就高兴。我们家祖祖辈辈就是农民，我中学毕业回家干活，在生产队挣工分，从早干到晚，有时在地里干活儿，干着干着就免不了叹口气，这日子哪一天是个头儿啊！即便后来当了村支书，我也是不愿干，不想干，感觉没奔头。

现在就不一样了，每天我到山上看到那些人参，我就有一种成就感，就感觉我这一生没有白活，我是在干自己的事业，就是再苦再累心里也高兴。你所有的努力和付出，都是有回报的。特别是看到我的林下参成片成片地长出来，那叶片青翠欲滴，看了让人打心眼里喜欢。等开花的时候就更好看了，人参的茎从叶片中高高竖起，头上顶着通红通红的花蕾，成片成片的，看了那才叫心花怒放啊，心里那个舒服劲，像三伏天吃烧烤喝冰镇啤酒，像三九天热炕头上喝二锅头，天大的愁事都没有了，就剩下两个字'乐和'。

"我现在就有一个特别的体会，这个体会是过去从来没有的。什么呢？我就是感觉，人活在这个世上，活的是什么呢，是吃好穿好玩好？不是，如果人一辈子就是吃好玩好图一个乐和，那你就完了，乐和就会离你而去，你就乐和不起来了，吃好穿好玩好，那是人最低等的快乐。人就是这样，关键是活出一种情怀。

"俗话说，一方水土养一方人，我们摇钱树靠什么？靠的就是林子，是林子养了我们，我们要感谢大自然的馈赠，这是一个方面。另一方面，也要感谢党的好政策，因为有了包产到户的好政策，我们才有了生产的积极性，日子才越过越好。还有一个就是要感谢杨国孝，没有他的付出，我们到现在也是两眼一抹黑，不知道干什么，有他在前面蹚路子，我们才敢走。说心里话，现在家家户户都富起来了，杨国孝功不可没。"

我试探着问了一句："摇钱树的村民现在究竟有多富？"

孟昭敏说："其实这也不是什么秘密，市场的价格摆在那里，你有多少亩林下参摆在那里，每年卖出去多少摆在那里，谁家里有多少钱一算就知道。这么跟你说吧，我有一个邻居，他家里没有参场，光靠打工，现在就攒了一百多万了。"

我笑着问道："那你呢？"

孟昭敏也笑了，但是没回答我。

看着孟昭敏谜一样的笑，我没再问下去。

穷小子当上百万富翁

说杨国孝带动摇钱树村的村民富起来，如果笼统地说，还是让人难以信服，那我就给大家举一个比较典型的例子，说一个人。

那天杨国孝带我到山上看工人干活儿，然后我们又到山上的抗联遗址瞻仰了一番。下山的时候，杨国孝开着他的皮卡车，沿山间小路蜿蜒而行。几分钟后，一个端着白色泡沫箱的"女人"听到汽车的声音便站到路边。那个人剪着短发，穿一件已经褪色发白的蓝色上衣，我想大概是上山采山菜和野果的。这想法一冒头，立刻被自己推翻，不对，采山菜是在春天，摘野果是在秋天。现在已经是十月末，马上进入冬季，哪来的山菜、野果呢？

杨国孝的车开到那人身边停了下来，那人上了车，谁也没说话，车继续开。直到下车时，我才发现是个男的。他的头发实在太长了，估计有几个月没剪头了吧。晚上吃饭的时候，他坐在大圆桌边，一直低头吃饭，不说话。杨国孝的媳妇曲冬梅对他说："小赵，多吃菜。"他也只是笑笑，点点头，还是一言不发。原来他姓赵，是给杨国孝打工的，方才是上山送修整后的小人参苗的。

第二天，杨国孝夫妻要去县城参加老朋友曲文阁女儿的婚礼，李凤山的媳妇也一同去。我坐在副驾驶位置上。

车开到山参谷沟口的时候，车在第一户人家的门口停了下来，这个时候我看到昨天那个小赵从院子里走出来，依然是那套衣服，脏兮兮的，依然是那么长的头发，依然是一言不发，路上大家有说有笑，从巴勒斯坦谈到以色列，从乌克兰谈到俄罗斯，又谈到世界上的粮食可能涨价，又谈到国内的市场是否受战争的影响，可小赵还是一言不发。

这时杨国孝媳妇曲冬梅换个话题对小赵说："小赵啊，今天到县城了，你的头发该剪一剪了。"

这时小赵才开口，这是这几天来，我第一次听到他说话，"嫂子啊，哪有时间哪。"小赵的声音很细的。

曲冬梅说："要不等回来我给你剪一剪吧。"

小赵说："哎呀，哪能劳嫂子大驾，没关系，就让它长吧，等过年没事了，我再彻底剪一下。"

我猜想，小赵肯定是这摇钱树村里最穷的一户村民。从他的身板来看，比较瘦弱，干不了重活儿，出不了大力。在农村，像小赵这样的人应该属于弱势群体，打工没人愿意要。从这一点来说，杨国孝这个人真不错，不嫌弃他，雇用他，解决了他的生计问题。

我对杨国孝说，我想采访一下小赵，怎么样？让他谈一谈这些年，你是怎样帮助他的。

杨国孝说："好啊，我马上安排。"

晚上，等山上干活儿的人下来的时候，杨国孝对小赵说："小赵你留下来，等一会儿王老师要跟你唠一唠。唠完他还想到你家里去看一看呢。"

小赵说："好。"

真是不唠不知道，一唠吓一跳。

小赵是一个不善言语的人，采访的时候，场长李凤山坐在旁边，不时给他提个醒，帮着他回忆回忆。唠了一会儿，小赵才从窘迫中解脱出来，语言开始流畅起来了。

他告诉我他叫赵保发，今年五十九岁，是虚岁，周岁五十八。他的祖辈住在宽甸，到父亲这一辈的时候才从宽甸搬到摇钱树村。桓仁离宽甸也不算太远，两县之间的界限也不是那么分明。

赵保发说，他们家姊妹八个，他排行老三。那时候，家里孩子多，吃不上穿不上，连起码的温饱都解决不了。所以他从小体质就弱，干活儿也没有太大的力气，村子里的累活儿基本上他都干不了，好不容易才娶上的媳妇。

赵保发的老伴儿是摇钱树当地人，给他生了两个女儿，现在大的三十六岁，小的三十二岁。孩子小的时候，家里的生活真的很苦，家徒四壁，一无所有。女孩儿干不了重活儿，而他身体又不是很强壮。人家儿子多的家庭，在村子里立得住，谁敢欺负？可他呢，家里三个女人，只有他一个男人，在农村没有儿子是被人家笑话的，甚至被人欺负。当然，要儿子延续香火，这是老眼光，但是面对现实，没有儿子，确实是个问题。女儿终究要嫁人，家里的地谁来种，活儿谁来干？但是现在的观念不一样了，大家都觉得生女儿的都是上辈子修来的福分。

小赵和杨国孝打小就认识，杨国孝在摇钱树供销社，没有因为他身体弱、语言迟钝而看不起他，见到他还主动打招呼，问他买什么。

后来杨国孝在山参谷种人参，见他生活挺困难的，就说："你跟我干吧，我不会亏待你。"杨国孝雇他不是那种有活儿就干，没活儿就不干，而是长期雇他，到现在一干就是二十年了。这样一来他便有了稳定的收入。他很感谢杨国孝，干活儿非常认真，像干自己家的活儿一样。那个时候，想给杨国孝打工的人非常多，但是杨国孝没有因为他身体弱而不用他，反而长期雇他，所以他打心眼里高兴，非常感激。

有了稳定收入，生活渐渐好了起来。后来村子里分了林子，按人头每人分十八亩，他家四口人，分了七十二亩，场地也在这个山参谷里，离杨国孝的参场很近。村里的老百姓分了林子，都找杨国孝，看山场，问技术，买种子，家家都动起来，户户都种人参。赵保发也很着急。

一天，他正在杨国孝参场干活儿，杨国孝问他："你分的那块林地不错，挺适合种林下参的。"

赵保发有些不好意思地说："杨总，不瞒你说，我也想种人参，可我没钱买种子。"

杨国孝说："没关系，你先从我这拿。"

赵保发说，他不仅从杨国孝那里拿了种子，因为参场离得近，杨国孝还亲自到场，教赵保发怎么平整山场，怎么种山参。杨国孝只要有工夫，就来他的山场看看，告诉他要注意什么，毫不保留地把技术传给他。

这样，赵保发也有了自己的参场，而且还继续给杨国孝打工，这一干就是二十多年。

到2021年，赵保发卖了将近五十亩的林下参。

我问赵保发："你这五十亩林下参卖了多少钱呢？"

赵保发笑了笑，好像有些不好意思说。

我说："怎么，还保密吗？"

赵保发说："不是。"

旁边的李凤山催促他说："你就说吧，没关系的，人家王老师不会跟你借钱的。"

赵保发这才说："不多，二百多万。"

我吃了一惊，二百多万，从赵保发嘴里说出来竟是那么轻松。一个曾经那么贫穷的人，从他口中说出"二百多万"，简直让人难以置信。

赵保发说："我这在村里算少的。等再过个五年六年，我那些人参还能卖出三百多万呢。"言毕，赵保发脸上露出得意的神情。

赵保发的两个姑娘都嫁到了外地，大姑娘在黑龙江生活条件很好，二姑娘在大连，过得也不错，赵保发说以后想在大连买个房，就在大连养老。

我俩就这么家长里短地唠着，我听着他对老年生活的畅想：想去杭州看看"上有天堂、下有苏杭"的杭州有多美，还想去北京天安门前照张相……停了一会儿他又说："其实我哪都不想去，我不想离开摇钱树，我们这个村多好啊。只要我还能动，我就不想离开这里，这里的林子离不开我；杨总我们有这么深的感情，我也不想离开他；还有周围的老百姓，我们都是从小一起长大的。只要我还能动，我就不想离开这里。"

赵保发说："我在杨总这里，他一天给我二百块钱，一年在杨总这我可以挣到六万元。平时再打点工，干点零活儿，卖点儿山货，还能挣到四万多块钱。总之，不算人参，我一年的收入在十万元左右。就我这身体，到城里打工保准没人要，可是我在这里一年能挣到十万元，平时还没有什么花销。"

我说："一会儿到你家里看看吧。"

赵保发的家和摇钱树其他村民的家没有什么两样，高高的石头院墙，一个漂亮的大铁门。里面是三间大瓦房，房子外面搭了一道塑钢结构的外罩，或者叫保温层，镶上大玻璃，透明瓦亮。院子打了水泥地面，干净整洁。厢房是仓库，里面停辆农用三轮车。院子里还养了鸡鸭鹅狗，看来鸡、鸭、鹅蛋是管够吃了。

院外有一个大大的粮仓，粮仓是用角铁做的框架，围上一层钢丝编成的网，网里面又有一层细铁丝编织的像筛子一样的网，估计除了蚊子能钻进去，其他像老鼠什么的，只能望"粮"兴叹了。苞米仓的上盖是蓝色的铁皮瓦，仓里面装满了苞米，黄盈盈、金灿灿的。过去农村都是用木头做的楼阁式的苞米仓子，我下乡的时候，一到春天，家家的苞米仓便空了，没有粮食吃，有的家喝点面糊，加点野菜，有的吃点土豆栽子。现在，老百姓吃饭已经不是问题了，很多人家苞米仅用作饲料。

进到屋里，房子挺新的，宽敞明亮，一台新买的大电视，放在地上，包装还没拆。家里只有他一个人，他说老伴儿去大连了，因为女儿买了房子要装修，老伴儿去帮着照看。

见我赞不绝口，小赵颇有些自豪地说："你看看我们现在农村的生活，一点都不比你们城里差，烧柴不花钱，蔬菜肉蛋不花钱，没有卫生费，没有停车费，除了买点油盐酱醋，几乎没有花钱的地方。"

他对自己的生活心满意足。

赵保发又把我带到他的厨房，打开水龙头，说："王老师你看，我们农村也是自来水，而且比你们城里的水还要健康，是山泉水。"

他又指着厕所说："这是我们的厕所，也是水冲的。过去农村都是旱厕，不卫生，现在我们也都是水冲的厕所了，和城里没有什么两样，你说我还去城市干吗？"

接着赵保发又满怀留恋地说："我是真的不愿意离开这里，等到哪天实在走不动了，女儿过来接我再说吧。"

山参谷里的当家人

俗话说"一个好汉三个帮"，如果说杨国孝的妻弟是他的一个好帮手的话，山参谷的场长李凤山也应该算一个。古人讲"疑人不用，用人不疑"，最典型的应该算是三国时的刘备，他之所以于弱势和困境当中脱颖而出，赢得天下三足鼎立的局面，就是因为他"弘毅宽厚，知人待士"，对手下人大胆使用，从不怀疑，以至诸葛亮能为蜀汉政权"鞠躬尽瘁，死而后已"，这就是用人之道。

杨国孝很会用人。

我来山参谷的第一天就接触到了李凤山。

那天下午三点多钟，杨国孝上山把干活儿的人都接下来。其他干活儿的人下车便带着自己的工具骑上摩托车或开自己的小汽车匆匆下山，只有他，下车后，马上拿起一个镢头，刨路边的花根。

我走近前，还没等我说话，他便冲我笑笑，说："这花根必须刨出来，放到窖里，明年开春再栽上去，不然天一冷，就冻死了。"

我问："这是什么花？"

李凤山说："老百姓就叫它地瓜花。"

我知道，这种花开起来花朵大而艳，非常好看，老百姓常把它和芍药弄混。

这时杨国孝走过来，对我说："这位是李场长，李凤山。"

李凤山停住手里的活儿，笑笑对我说："什么场长，就是一个打工的。"

李凤山高个儿，属羊的，快七十岁了，但身体很硬朗，不胖不瘦，说话有分寸，很干练，一看就是见过世面的人。从下车开始，我看他一刻都不闲着，就像在自己家一样，该干什么根本不用吩咐。

杨国孝说："别小看我们这位李场长，当年还和大明星李雪健一起拍过电影呢。"

我惊讶道："是吗？"

李凤山笑了："没啥，其实就一个镜头，群众演员。"

我对李凤山说："晚上没事和你唠唠好吗？"

李凤山看了一眼杨国孝，杨国孝说："王老师要采访你，你和他唠唠。"

李凤山是桓仁木盂子仙人洞村人，仙人洞位于辽宁最高峰老秃顶山下，这里山高林密，交通不便，曾经是抗联根据地，当年杨靖宇在这里建立了抗日游击根据地，现在这里还保留着当年抗联第一师的大本营、练兵场、密营、哨所、被服厂、军工厂等遗址。

李凤山老家在山东，他爷爷那辈儿从山东挑着担子逃荒闯关东来到桓仁，落户在木盂子仙人洞村。

李凤山初中一毕业就在生产队种地。他说自己从小就性格倔强，不服管，是很难摆弄的那种人。那个年代生产队长是绝对权威，但李凤山不管那些，你说得对，我听你的，你说得不对，我凭什么听你的呀？"文化大革命"期间有句话叫"头上长角身上长刺"，他就属于那种人。

生产队长有些怵他，正好暖和子煤矿招人，生产队长图个消停，就让他去了，把这个刺儿头赶紧调离生产队。那时候年轻人都不愿意种地，想出去。李凤山说如果我这个人老老实实干活儿，去煤矿的好事肯定轮不到我，我家和生产队长又不沾亲不带故的。

那年李凤山已经成家，媳妇也是桓仁人。李凤山说："像我们这些农民出身的人到煤矿打工，不挣工资，煤矿直接把钱打到生产队，生产队按照我的工资数给我下工分，年底按工分开钱。比如说一天给我下十个工分，干三百天，一年就是三千工分。如果年景好，十个工分合一元钱，那你一年就能挣三百元，扣除生产队的粮款和其他零零碎碎，到手就没几个钱了。有时候年景不好，十个工分合不到几毛钱，年底就没有钱，白干。有的生产队穷，干了一年到头，老百姓还倒欠生产队的钱呢。"

不过，只要上班，煤矿每天就给一块多钱的保健费，这个钱就归自己，这个钱用来养家没问题，所以他很知足。煤矿离家不算远，上下班就骑自行车。

在井下干了一段时间，矿长就看出他这个人挺有凝聚力，办事果断，说话干脆，知道他这个人是有能力的，就相中他，让他带班。带班就是每天带着人到矿井里干活儿，他不用干，就指挥别人去干。后来一再受到重用，管安全生产，在井下安全检查巡逻，这样在矿里一干就是十多年。

改革开放后，像这种镇办的小煤矿就不行了，不是承包给个人，就是被大矿兼并，还有的因为各种原因，比如资源枯竭、安全问题，就被封了洞口，禁止开采了。李凤山所在的煤矿也关闭了。李凤山不愿回家种地，只能外出打工。

机缘巧合，打工的时候认识了县医药公司的曲文阁，通过曲文阁又认识了杨国孝。

李凤山说，这两个人，你不得不佩服，有头脑，做事总是早别人一步，你没看到的东西，人家先看到了，你还没弄明白的东西，人家先干上了。人家有资金，有路子，生意越做越大，在桓仁很有名。

由于干活儿认真，人又聪明，李凤山被杨国孝和曲文阁同时相中。他们俩在山参谷都有人参，于是便同时雇用了他，他现在是一肩挑两家。

我说："这得多大的本事，同时给两个老板工作。那他们怎么给你报酬呢？"

李凤山笑了，他说："两个老板都很讲究，杨国孝每个月给我开五千元，曲文阁每个月也给我开五千元。"

我吃惊地说："这么说，你一个月的工资是一万元啊。"

他见我吃惊，便又说道："这还不算我媳妇的，杨总每个月给我媳妇开三千元，曲总每个月给我媳妇开两千元。"

我对李凤山说："你知道不知道，市里退休的局长，和你年龄相仿的，退休金也才六千多元，不到七千元，一般企业退休的职工多的三千多元，少的才两千多元。你现在的工资，市长也没你多。两个老板同时给你开工资，这样的事在全国也绝无仅有。"

李凤山说："我从四十多岁开始，到现在干了二十多年了。"

我问他："一个人同时给两个老板干，干得过来吗？你的主要工作是什么？"

李凤山说："没有什么干不过来的，谁有活儿，就去帮助谁干，就像你在山上看到的，我就领着那些人干活儿。我媳妇负责做饭、打扫卫生和其他零活儿。冬天没活儿也不下山，一年三百六十五天我和媳妇就住在这大山里面。"

李凤山有两个孩子，老大是女儿，今年四十五岁了，老二是儿子，今年三十九岁，两个人都在沈阳做生意，现在日子过得也都不错，都在沈阳买了房子。

我问他："你们常年待在山上，想不想孩子？"

李凤山说："怎么不想呢？但是既然在这干了，我就一心一意干到底。"

我说："看来你的技术还是挺过硬的，有技术谁都愿意用。"

李凤山说："其实我什么技术都没有，但我的执行力好，领悟力强。只要杨总和曲总说这个活儿应该怎么干，他告诉一遍我就明白，然后我就领着工人干，认认真真地去执行，保证能把活儿干好，让他们放心。再一个就是给人打工要实在，我这个人地无一垄，山无一分，更无技术，但就是实在，忠心耿耿，讲良心，实打实地给两位老总干活儿，把活儿干好，赢得他们的信任。"

这时杨国孝进屋，坐在旁边，对李凤山说："凤山你放心，我现在除了给你开工资，将来还会分你股份，不能让你白干。"

李凤山说："杨总，我要你啥股份呢？只要让我在这干，我就心满意足了。"

杨国孝说："你放心，我说到做到，说到办到。"

李凤山说："杨总这个人就非常讲义气，对人非常好，只要是他承诺的事情，不管有什么困难，他都坚决办到。我之所以能留在这里，一干就是二十多年，一是我这个人命好，二是杨总这个人好。山参谷虽然不是我的，但却是我人生最好的归宿，我想只要我能动一天，我就不会离开这里，除非杨总不用我了。"

杨国孝说："你放心，只要我的参场在，就有你在。"

杨国孝转过头对我说："做生意很重要的一点就是对手下人信任，放手让他去做。但是仅仅有信任还不行，利益要到位，不能光老板自己挣钱，不然谁有这么大的干劲啊。刚才凤山说给人打工要讲良心，咱当老板的也要讲良心。当老板的不是光研究怎么抓住客户的心，更要善于抓住给你干活儿的人的心。这样的话，他干活儿才能有劲头。如果你糊弄他，忽悠他，那他肯定就要糊弄你，忽悠你。这些年我和曲总为什么一直用他呢？不仅是他的执行力好，更是因为他把这个参场当作自己的家来经营，从来没有二心，现在很难找到这样的好管家。我和曲总平时很少上山，把参场交给他管理，这样值得信任的人非常难找，我为什么不多给他些钱，把他留在这里呢？"

杨国孝接着说："我在祭山神的时候有句话，'隔山隔水，伙计同心。有福同享，有货共分'。意思就是要讲团队精神，就是有福同享，有难同当。不能有难时要求同当，有福时人家没份儿。放山人看到一棵人参，就不能私自挖，要和大家一起分享，否则山神就不保佑你。你挖出来了，那也是个烂货。钱这东西不能一个人挣，不能你挣钱让人家喝汤。像有的黑心老板，只顾自己挣钱，手下人挣不到钱，他必然要和你分心眼儿。所以你把该给他的给足，甚至他不想要的你都给他，让他感觉到惊喜，老板够意思，那他就会一心一意地跟着你。钱不能一个人挣，这就是我们祭山神的一个理念，当老板的一定要把心摆正，大家才能同心协力。"

杨国孝的话，让我明白杨国孝为什么生意会越做越好，也明白李凤山为什么会碰上这样一个好老板。

但是细想一下，我又觉得李凤山这钱挣得也不容易，他和老伴儿常年待在山上，几乎与世隔绝，除了老伴儿，没有个说话的人，山上手机没信号，打不了电话。不过这几年有了微信，可以通过微信和杨总、曲总联系，和家人报个平安。这种《瓦尔登湖》式的生活对很多人来说，也只能是当小说看看而已。

李凤山说，开始上山的时候也不习惯，有活儿的时候忙一阵子。可是在山上不是总有活儿，没有活儿的时候就只能在山上干待着，像修行一样，一般人是受不了的。现在渐渐地习惯了，也就觉得也挺好的。自己待在山上远离社会，少了很多麻烦，很清静，日复一日，年复一年，不知不觉在这山上已经度过了二十多年。"我熟悉这山上的每棵树、每块石头，甚至知道每个地方都有些什么样的鸟，有什么样的小动物。春天花开了，就像昨天我刨的那个地瓜花，它已经陪伴我二十多年了，春天我把它栽下去，很快地瓜花开花了，开得很好很美，转眼秋天了，天凉了，我又把它挖出来，找一个保暖的地方，给它埋上，转过年把它再栽上，就这样循环往复，同样的动作我做了二十多次了。"

李凤山说："山参谷的环境非常好，空气清新。水没有污染，空气没有污染，你看我现在的身体多健康，城里人总想着到大山里去吸氧气，花着钱，受着累，遭着罪，然后吸了几个小时的氧，最后还得坐车返回他那个满是烟尘的城市。可我就住在这里，这里就像一个天然的氧吧。"

李凤山叹口气说："时间过得真快，转眼春天了，花开了；转眼秋天了，花谢了；再转眼，冬天了，下雪了。"

在接下来的几天里，我看到杨国孝对李凤山的敬重，像对一个兄长。吃饭的时候，总是把李凤山叫自己身边，坐在炕头上。不管来什么客人，只要到饭店，一定要李凤山陪桌。有时客人是官场上的，李凤山说我就不去了吧。杨国孝便拽上他，说你不去怎么行啊，少不了你。

有时候杨国孝这边忙，李凤山媳妇便把自己妹妹也叫过来，干一天两百块钱，干上十天半个月，就可以挣到几千块钱。一年来几次，挣个万八千的一点不费事。

杨国孝对李凤山说："人家王老师还想听听你拍电影的事呢，你讲讲。"

李凤山笑笑说："好，我讲讲，王老师你别见笑，很简单的事儿。"

李凤山说："那年曲文阁曲总带我们去黑龙江种人参，杨总也去了，不过杨总没投资，是过去给做技术指导。我们去了不少人，我负责做饭。正好有一个剧组在拍电影，电影叫《远方的河》，讲一个叫金训华的知青抢救国家战备物资的故事，主要演员就是在《水浒传》里扮演宋江的大明星李雪健。那个剧组就跟我们住在一起，吃饭的时候有一个人站我面前仔细看了我几眼，我冲他笑笑，也没说什么。

"第二天，一个导演就过来找我，说我们有个角色想请你来演一下。我以为开玩笑，说我哪会演电影啊，我就是一个老农民。没想到导演却认真地说，没关系，你来吧，我告诉你怎么演。我实在推迟不过，那就试试吧。那个角色挺简单，就一个镜头，演一个农家乐的老板。那天拍戏前，导演跟我说应该怎么演，让我记住了。

"接着导演说'开始'，这时李雪健和一个女记者，从外面开车进来，车停下，他俩下车，然后我迎上去，把他俩引导到一个饭桌上，他俩坐下，我打开菜单说了一句：'师傅吃点啥？'李雪健说：'就两个人，吃点儿离开这就吃不着的。'我就说：'好嘞。'然后离开。

　　"就这么简单，可是当时我很紧张，哪演过戏呀，何况又是和李雪健这样的大明星演戏。下去之后我就悄悄问了一下导演：'怎么样？行不行？'导演看了一下镜头说：'老李呀，不错不错。'"

　　李凤山讲完，杨国孝转头笑着对我说："怎么样？我这山参谷里卧虎藏龙吧！"

第八章

遍地英雄

一只扇动翅膀的蝴蝶

几天采访下来，收集的材料已经不少了，但我还想多听听其他人对杨国孝的评价，听听他们口中的杨国孝是什么样子的。

我对杨国孝说："方便的话，你帮我安排一下，争取多采访几个人。"

杨国孝说："这样吧，我做个东，多请几个人，你和他们唠一唠。"

我说："那就太好了。"

这天傍晚，杨国孝对我说："王老师，上车，我们去大水。"

上次我们来的也是这个大水饭店。

车进饭店的院子时，夜色朦胧。摩托车、皮卡车、小轿车把院子停得满满的。进屋后，人声鼎沸，我以为谁家办事情，好几桌人，有的已经上菜了，正在喝酒。有的围桌坐着，说说笑笑，大概人还没到齐。

杨国孝带我进了包间，把客人一一向我介绍，有镇里的，有中心村的，还有摇钱树村的。

介绍完，杨国孝就出去点菜。不一会儿又回到包间喊我："王老师，你出来一下。"

我不知道什么事，就赶紧走出包房。

杨国孝拉着我，指着满屋子的人笑着说："王老师你看，这满屋子的人，个个都是百万富翁。"

我惊讶道："是吗！他们是干什么的?"

杨国孝说："这满屋子的人啊，都是刚干完活儿的村民，老板不但要发钱，还得请一顿。"

杨国孝告诉我说："这里的人参大户每年栽参、采籽、起参，等等，都要雇人干活儿。活儿干完，就把这些人聚到饭店，一边宴请他们，感谢帮忙，一边按照他们出工的天数，给他们付工钱，从不拖欠。你看，发钱的痛痛快快，领钱的高高兴兴。"

怪不得这么热闹。

我往前凑了一下。在靠窗的一张桌子旁，围了一群人，我以为他们在开会。上前一看，原来是现场发钱。一个人坐在那儿，拿着账本给一个村民算钱数，还有一个人手里拿着钱，桌子上还摆着厚厚的几摞钱。核对完天数，管钱的点完钱，把钱递到村民的手里。

管账的忙说："你别光高兴了，好好点一点。"

那人接过钱，乐得合不拢嘴，说："差不了，差不了。"

管账的说："不是差不了，多了给我退回来。"

那人笑着回道："多了不退，少了不要。"

管账的又高声喊道："下一个。"

看到这情景，我禁不住想起毛泽东的《清平乐·蒋桂战争》中的两句：

　　……

红旗跃过汀江，直下龙岩上杭。

收拾金瓯一片，分田分地真忙。

……

这里虽然不是分田分地，却是实实在在地在分真金白银啊。

我各桌走了一圈，山里人说话粗声大气，喝起酒来互不相让，人人脸上挂着笑容。

回到包房，饭菜已经上齐，非常丰盛，有蛤蟆、河鱼、笨鸡蛋、牛腩柿子、茄盆，等等，盘子大，盛得满，农村饭店就是实惠。

主人杨国孝先端杯敬酒，他说："三年疫情，好久没和大家见面了，挺想的。今天借王老师采访的机会，把大家请来，唠唠嗑，叙叙旧。"

我说："大家都挺忙的，能来我很高兴。这次采访收获很大，看到摇钱树的变化，很惊讶，也很羡慕。这几天的采访，听到很多关于杨国孝带领村民致富的事迹，很感动。各位都是方方面面有头有脸的人，对杨国孝也很熟悉，很想听听你们讲摇钱树村的故事，也想听听你们对杨国孝的评价。"

杨国孝举起酒杯说："咱们啤酒先干一个，慢慢聊。"

大家七嘴八舌，不仅介绍了杨国孝的情况，还介绍了摇钱树、四平中心村和二棚甸子镇的情况。提起杨国孝，大家都赞不绝口。

他们说，一个村、一个乡镇，甚至一个地区，能否走上富裕的道路，有没有一个好的带头人最关键。他们说，最近几年县、市媒体甚至国家媒体，对杨国孝带领村民致富的报道不少，镇里、县里也都在树他这个典型。说到底，杨国孝的示范作用非常大，他不是闷头自己致富。一个人致富是本事，但是通过自己致富推动一个村、一个镇，那叫境界，叫情怀。甚至可以这样说，杨国孝的致富之路推动了一个村，就是摇钱树村。而摇钱树村这个典型推动了一个镇，就是二棚甸子镇。而一个镇又推动了一个县，这就是榜样的力量。这几年，二棚甸子获得的荣誉数不胜数，光国家级的就有"全国特色小镇""农业强镇"，连续三年的"十亿元乡镇""全国一村一品示范村镇"，等等。这些荣誉都建立在实实在在的目标考核之上，没有点真东西，根本评不上。

杨国孝说："我的体会是，一个人本事再大也做不了多少事情，我能有今天，还是得益于各级领导的支持。这些年，无论是镇里还是村里，对于我们这些人参养殖户都给了不少支持。"

提到支持，大家深有感触地说，杨国孝的山参谷是整个摇钱树村环境最好、最成型的，也是二棚甸子镇招商引资最成功的一个案例。的确，从镇里、县里来看，对山参谷这个典型非常重视，甚至省里也是。

镇里的一位同志讲了一件事，他说前段时间一位省里的领导来山参谷考察，本来原定看一眼就走，结果来了之后，硬是待了好几个小时，当时县里领导都急坏了，因为下一站人家还等着呢。这位同志感慨地说："现在讲服务，我们这些镇干部，就是要为村民服务，山参谷是村民致富的宝藏，我们得服好务，把这个典型抓好。而且还要把更多的像杨国孝这样的能人引到二棚甸子来。但是光把他们引进来还不行，还要想办法把他们留住。怎么才能留住？就是要给他们服好务，让他们满意。你们有困难，有难处，谁给你气受，你们就跟我说。我解决不了的，帮你找镇里，镇里解决不了的，咱就到县里、到市里。"

话题又回到了带头人的作用上。四平中心村的同志说："回想前些年，带领农民致富的口号没少喊，但村干部工作起来很难，没有项目，没有资金，怎么才能致富呢？打工？我们这里工厂又少，农民到哪去啊？由于以前的盲目指挥，心好效果不好，老百姓已经不信你了，你让老百姓种这个种那个，他不愿听你的，干部们工作起来很难。所以，你让他听你的，你必须让他尝到甜头，让他看到希望。所以说，杨国孝在我们村里开了一个好头。他最先在这里种植林下参，雇大家上山来干活儿，给大家开工资，大家有了收入。后来村民又看到杨国孝的林下参满地黄金，挣了那么多的钱，个个摩拳擦掌，跃跃欲试。这个时候你不让他干他也要干，农民就是这样，你给他画大饼不行，他必须要自己看到才行。"

他说："因为杨国孝，我们村的人参产业迈上了一个新台阶，取得了很了不起的成就，特别是我们村里头，找到了种植人参这个方向，这很不容易。很多村民都说多亏了杨国孝，是杨国孝蹚出一条路，大家才迅速跟进。"

有人插话说："我在摇钱树村里待过一段时间，很有体会。看到杨国孝赚了钱，大家伙儿劲头全上来了。这几天你也看到了，白天各个村子里几乎看不到人，人都哪去了？都上山了，大家都在忙，忙什么？忙着致富啊。他们有事情要做，你现在想雇人干活儿你都雇不到。为什么人工费那么贵？物以稀为贵。"

摇钱树村的同志接过话头，说："的确是这样，刚开始的时候，杨国孝雇人，一下子全村的人都去了，撵都撵不走。现在你雇人，钱少了没人干，雇人得看面子，还都是雇别的村的。过去外面的小贩，比如卖豆腐的、卖菜的，大白天就在村里转悠。现在，小贩想到村里来卖点什么，只能早上六点之前，晚上十点以后。其他时间村里见不到人，都上山忙去了。"

他说："农民是靠山吃山、靠水吃水，我们摇钱树靠什么？靠的就是人参，这是上天赐给我们的，这是我们的福分。过去我们吃的苦太多了，现在终于找到了致富的这条路。镇里把沟沟岔岔都给我们修了水泥路，这样我们进出山就非常方便。为什么家家户户都买了车啊？如果没有路，只能跑毛驴车。有了路，汽车直接开上去，真得感谢镇里给我们的支持。"

镇里的同志说："要说支持，最大的支持应该是国家政策的支持。国家是一心一意想尽办法让农民富起来。就拿人参来说，人参在税收方面对国家贡献不大，因为国家对农产品特别是人参，是免税的，这对农民致富有好处啊。所以我们要把它做大做强，对老百姓有好处的事情，就要大力支持，尽管对地方的税收没有太大的帮助，但是老百姓富起来了，这就是一条正路。现在通道已经打开，是零障碍，所以农民就要借这个东风，努力去做，放开膀子去干。"

四平中心村的同志说："四平是一个大村，也是全县山林资源最丰富的村。过去那种毁林栽参的落后生产方式被取消了，取而代之的是利用丰富的山林资源，大力发展生态经济型产业，这既保护了森林，发展了森林，又为发展林地经济提供了环境和空间。这个事情还是多亏了杨国孝，如果没有杨国孝在这里投资，没有他带头，我们村民根本就摸不到门路，不知道干什么。因为他种了林下参，所以大家都开始种林下参了。现在四平村民的收入来源很多，不仅仅是人参，还有速生丰产林、红松果林、林蛙、蜂蜜、木耳、山野菜、蘑菇，这些项目的收入也十分可观。"

摇钱树村的同志说："有一点大家没说到，杨国孝的致富之路让大家看到了希望，而杨国孝成熟的技术给大家吃了一颗定心丸。村民们之所以敢于发展林下参，就是因为有杨国孝在。杨国孝的技术好，他就是我们这里的大学教授，就是专家，他说的话村里人都听，都信。杨国孝这个人平时言语不多，但关键的时候讲得非常明白。外面的技术员为什么起不到作用？因为他不了解摇钱树的情况。而杨国孝不是这样，他熟悉这里的山山水水，每一个沟、每一条岔，人参应该怎么种，种到哪个山坡上，他胸有成竹。有人说，现在网络很发达，有些技术问题可以在网上咨询。那些专家虽然有高深的理论，但是他可能说不到点子上，他不知道你的问题究竟出在哪里。问题是千差万别的，要对这里的地理环境非常熟悉才行啊，要熟悉这里的山山水水，甚至每一块石头、每一条河流、每一滴水，你才能知道问题出在哪，如何解决。杨国孝有多年的经验，他求的不是利益，是境界，是情怀，所以他总是满腔热情地帮助村民。"

镇里的同志说："刚才说了，有人管杨国孝叫杨总，有的还叫他教授。但在我看来，他就是老把头。我参加过他的祭山活动，他是祭山活动的第五代传承人。放山人为什么要祭山，祭拜山神爷？这不是搞迷信，而是一种精神传承。这种精神就是团结互助，共同富裕。这种精神，国孝做到了，传承下来了，甚至带动了村民，现在村民都搞祭山活动。所以说，杨国孝不仅自己致富，他还有一种情怀，就是让摇钱树的村民都富起来。他说过这样的话，一个人富不算富，大家都富了那才叫富。所以他才能无私地把自己的经验传授给村民，同时也把老把头的精神传下去。现在摇钱树的村民不是仅仅富起来，富是表面现象，真正的富，是老百姓心灵的富、精神的富。摇钱树的民风好起来了，过去打架的、偷鸡摸狗的、赌博的，现在哪有了？民风在变，心灵在变。"

摇钱树村的同志把话题又拉回到带头人上面，说："一个村子富不富，带头人的作用非常大，逼他做到不如让他看到。杨国孝让农民看到林下参赚大钱，这样不用你号召，钱串子挂在树上，谁不争先恐后往林子里钻。"

大家都笑起来，说他不愧是摇钱树的人，说起话来，都离不开摇钱树。

我说："他说得对，就像美国一位气象学家说的那样，一只南美洲亚马孙河流域热带雨林中的蝴蝶，偶尔扇动几下翅膀，可以在两周以后引起美国得克萨斯州的一场龙卷风，这就是著名的'蝴蝶效应'。是不是也可以这样说，杨国孝的林下参，也是一种'蝴蝶效应'，掀起的虽然不是风暴，却是一股种植林下参的热潮，让摇钱树甚至二棚甸子的村民在致富的道路上你追我赶，奋勇争先。"

大伙儿说："岂止是二棚甸子，现在整个桓仁县都掀起了这股热潮。"

吃过饭，曲冬生开车送我回县里，一个其他乡镇的村民见车上还有位置，便也随车走。他是被雇来给另一位人参大户干活儿的。路上我问他在山上干了多少天，他说二十天。我问挣了多少钱，他说六千元。

我对曲冬生说："难怪我刚才听一位镇里的干部说，村民的收入比他高。"

曲冬生问我："有你们作家收入高吗？"

我苦笑一下说："现在作家都是业余的，大多数的作家收入一点都不高，一般来说，报刊的稿费高一点的千字百元，低一点的千字五十元，写完之后还不能保证发表。而且一千字的稿子快手要一天，慢手要两天，你就算吧。"

曲冬生说："原来这么低呀。"

我笑着说："靠稿费吃饭，肯定养活不了自己。像方才大家总爱说的'情怀'，写作也是一种'情怀'，就是爱好，凭兴趣。"

遍地英雄下夕烟

杨国孝的媳妇曲冬梅说过这样一句话："在我们桓仁，比我们贡献大的，比我们规模大的，比我们有钱的，比我们有名的，这样的人多了去了。想不到市里的作家专门来写我们，真是太感谢了，我们该怎么报答啊！"

我说："你们带领乡亲致富，就是最好的报答。"

曲冬梅说得对，三十多年来，桓仁人参之所以能够从低谷走向全盛，并非一人之力，而是有一大批人参行业的精英人物支撑起桓仁人参这片天。正所谓"谋臣如雨，猛将如云""众手浇开幸福花"。

我问杨国孝："桓仁在人参行业做得比较好、贡献比较大的都有谁呢？"

杨国孝不假思索，如数家珍。他说："比如孙孝贤、曾祥云、孙业峰、张涛、任勃宇、曲文阁，等等，可谓数不胜数。"

我说："这些人你都给我简单介绍一下吧。"

杨国孝面露难色地说："我介绍的话既不全面，也不权威，最好找一下县里的宣传部门，让他们给你说一下，或者和他们本人唠一唠。"

我笑了，说："你说得有道理。不过这也不是报送事迹材料，只是简单地了解一下，不必全面，让读者知道桓仁在人参行业中还有好多能人就行。有句话说得好，'一花独放不是春，百花争艳春满园'。"

杨国孝被我说通了，说："那好吧，我平时了解得也不多，仅供你参考。

"先说孙孝贤。孙孝贤是全国知名人参企业本溪龙宝集团参茸有限公司的董事长、总经理。他是县里的一位领导干部出身，现在也六十多岁了，比我大几岁。那个时候国家政策鼓励干部下海经商，他就辞职到南方做生意，一走就是三十年，生意做得很好，在桓仁县里很有声望。他是那种有家乡情怀的人，赚了钱，不忘家乡，反哺家乡。你一下五女山火车站，过大桥，就是一座挺大的"中国东北参茸城"，这个参茸城就是孙孝贤投资建的。没有这个参茸城的时候，桓仁参农的人参销售一般都是去通化、集安，或者去南方的江浙，这样成本肯定要加大。有了这个参茸城，坐在家门口就可以把人参卖出去。而且吉林的参农，南方的客商，都来了。这座参茸城投资不小，有十多个亿。我的办公地点就在参茸城里。孙孝贤的生意做得挺大，员工有上千人，每年的产值都在几个亿。"

我问："他主要经营什么？"

杨国孝说："主要是滋补中药健康产品的生产与销售、商业经营、房地产开发等。具体产品不少，我说不全。他还是全国参茸产品标准化技术委员会的委员，还担任过辽宁省人参协会的会长。他对桓仁人参产业的发展贡献很大，可以说是功不可没。"

我说："有时间我一定去看看。"

杨国孝说："再说一下曾祥云。曾祥云大高个儿，很帅气，他公司叫祥云药业有限公司，祥云两个字就是从他名字来的。这个名字挺好，让人联想到2008年北京奥运会的祥云火炬。曾祥云的公司主要是人参高端产品的研发，在这方面，别人比不了，在全国也算是领军企业，他个人和他的产品获得不少全国和省、市的金奖，中央电视台采访过他几次。曾祥云很注重企业文化，把地方历史文化和他的产品结合起来。比如说桓仁的朱蒙，是桓仁五女山城的创建者，也是高句丽第一代王。曾祥云的人参系列产品的商标就叫'高丽朱蒙'。为什么说这个名字起得挺好呢？主要是它体现了桓仁的历史文化，他的专卖店有副对联：'高山藏老参显灵奇秀丽，朱门求神草享康寿不蒙'。这副对联把他的产品'高丽朱蒙'四个字巧妙地嵌在里面了。"

我说："桓仁有能人，这副对联拟得有水平。"

杨国孝说："还有孙业峰。孙业峰最大的贡献就是把北京同仁堂请到桓仁，你想想，同仁堂是啥？在从前，那是皇城根下专门给皇家贡奉御药的，有三百多年的历史了，老百姓买中药，就专挑同仁堂的。和人家比，咱桓仁就是一个小县城。但是偏偏这个同仁堂不嫌桓仁小，来桓仁建厂，成立了北京同仁堂健康药业（辽宁）有限公司，而且孙业峰还当上了副董事长，他的儿子孙忠勃为总经理。说心里话，同仁堂不是随便哪都建厂的，肯定要对当地的资源环境、人文历史做多方面的考察，符合标准人家才能来。这样一个大型药企落户桓仁，对桓仁的知名度、信誉度也是一个极大的提升。再一个我们也佩服孙业峰，那得下多大的功夫，多大的诚意才能打动同仁堂。所以说，孙业峰能让同仁堂这样的药企落户桓仁，这对桓仁的经济发展，特别是人参产业的发展，贡献很大。"

我问："孙业峰有多大年纪？"

杨国孝说："五十多岁，年富力强，正是干事业的时候。十年前他花一百万收了一棵老山参，几天后便以三百多万的价格转让。我曾说过，人和人参之间讲究一个'缘'字，孙业峰和人参就有这个'缘'，他和同仁堂的合作也是一个'缘'。"

我说："'缘'的背后其实也是多年的积累和多年的付出。"

杨国孝说："我再说说张涛。张涛是辽宁天士力森涛参茸股份有限公司总经理。张涛在这些人当中年龄最小，人说张涛是'四有'企业家，企业有歌曲，产业有基地，产品有品牌，四方有朋友。他的企业主要是人参的深加工，生产人参保健品。他是桓仁县二棚甸子巨户沟人，爷爷那辈从山东闯关东来到桓仁的。张涛做生意很早，听说十四五岁就开始骑个自行车卖糖葫芦，就这么一步一步地发展起来。他种植林下参的时间也挺早，在巨户沟村建了一个'桓仁巨户沟森涛山参基地'。他不光是人参种植，他研发的'森涛'牌系列产品，市场销售情况不错，挺受欢迎的。他有自己的连锁店，在全国有好多家。"

我说："大概是十四五年前，我陪同作家张正隆采访过张涛，当年他才三十五岁，风华正茂。没想到，几年工夫，事业做得这么大。"

杨国孝说："最后再说说任勃宇，他也是摇钱树村人，年龄和我相仿，也就刚刚六十岁吧。他做生意也比较早，从二十世纪八十年代就开始闯市场。搞林下经济，当时他被乡里聘用，担任多种经营站的站长。从食用菌、林蛙到林下山参，发展得挺好。后来到杭州做生意，自己开店，主要是人参销售，这一干就是二十多年。大概是2015年，他从杭州回到桓仁，成立了辽宁参康源生态农业有限公司，搞林下参种植，另外还有其他一些和人参相关的产品，规模挺大，效益也挺好。他和孙孝贤一样，在外打拼几十年之后，回到家乡，反哺家乡，为家乡作贡献。"

杨国孝说："还有曲文阁，他对桓仁林下参的发展也有很大贡献，现在发展得也很好，他的情况我前两天都给你介绍过了，就不详细说了。"

听了杨国孝的介绍，我不禁心生感慨，正是像杨国孝、孙孝贤他们这样一大批人，撑起了桓仁人参事业的一片天，撑起了桓仁农民致富的一片天，撑起了桓仁未来发展的一片天。

一个人的力量毕竟是有限的，但是桓仁有这样一大批人物，他们如同条条小溪汇成的大江大河一样，形成磅礴之势，锐不可当。

"参茸城"里尽朝晖

从五女山火车站出来，过火车站大桥，一座参茸城拔地而起，白墙红瓦，远观像一座城堡，近看像一座宫殿，在蓝天白云下巍然屹立。这里是人参的殿堂，更是参农梦想实现的地方。

曲冬生带我来到参茸城。

参茸城里面很大，一排排的二层小楼，遍布各种公司的牌匾，让你眼花缭乱。因为现在已过销售旺季，所以参茸城里面很安静，大多数的公司大门紧闭。

曲冬生告诉我："你看现在安安静静，但是在交易日的时候，这里面人山人海，不但桓仁的参农全都来了，就连吉林通化、白山、抚松、集安等地方的参农也都来了，他们天不亮就来到参茸城，占个好位置，想多卖点人参。"

我问道："这座参茸城面积有多大？"

曲冬生说："参茸城占地面积有七万平方米，总建筑面积十万平方米。入驻这里的公司有五百多家。那个交易大厅有四千平方米，能放下六百多个摊位。另外还有两个大型仓储物流中心。"

我问道："这个参茸城应该是东北最大的吧？"

曲冬生说："应该是，反正我没听说还有比它更大的。"

我问："年交易额能达到多少？"

曲冬生说："大概有五十个亿吧。随着参茸城的名气越来越大，来这里的参农和客商越来越多，交易额还会不断上升。过去没有交易市场的时候，桓仁的参农卖人参，就只能去吉林的通化人参市场，或者到广州、杭州等地。出去一趟，赶上生意好的时候能赚点钱，生意不好的时候出去一趟等于白跑。不仅吃住行花销大，时间也搭不起。一些公司抓货，也是东奔西走，跑抚松、清河、集安等地，路途远、费周折。现在人参交易市场就在家门口，非常便利。"

我说："有交易市场和没有交易市场就是不一样。没有这个市场，桓仁的参农就被动一些。有了这个市场，桓仁的参农就主动一些，这里就成了中心，影响力也在扩大。"

曲冬生说："那是！没有市场，参农心里着急，不敢过于讨价还价。现在有了这个市场，就可以稳坐'钓鱼台'。"

曲冬生还向我介绍说，现在，桓仁野山参已经在大连商品交易所上市，进入了电子期货交易市场。而且东北参茸城是国内首家"智慧市场"，管理信息化、仓储智能化、交易电子化，成为国内首家野山参专业线上销售平台，从根本上解决了东北地区参茸产品和土特产品的销售问题。参茸城还引进了国家参茸产品质量监督检验中心和互联网金融综合服务平台，进行常年的检验鉴定服务。这样卖的安心，买的放心。

他说："有些参农通过这个平台，看到人参市场这么好，回去后就敢于增加种植面积。有些南方客商，看到桓仁的人参这么好，也敢于继续补货，扩大经营规模。还有的客商通过和参农的零距离接触，认准了桓仁人参，还研究在桓仁建基地。"

我问曲冬生："桓仁现在的林下参规模究竟有多大？"

曲冬生说："这个我也说不准，因为数据年年都在变化，不断发展。不过我看过一个数据，不知准不准，说是桓仁县现在全县山参保护面积已达六十五万亩，这个数字在全国无人可比。"

我赞叹道："这个数字对一个县来说，还是十分可观的。"

其实桓仁这座东北参茸城不过是桓仁人参的一个窗口，透过这座参茸城，可以看到桓仁人参发展的一个盛况。

2024年1月3日，我看到桓仁满族自治县融媒体发布的一条消息《2023年桓仁十大新闻》，在这十大新闻中，关于山参的新闻就占了三个，可见山参在桓仁经济社会中的地位和分量。

我们来看看这十大新闻都有哪些吧。

第一个是桓仁县全面振兴新突破三年行动实现首战告捷；第二个是桓仁县国家重点建设项目大雅河抽水蓄能电站顺利开工；第三个是桓仁县项目储备创造历史最高纪录。而第四、第五、第六，都是关于人参的新闻，占全年十大新闻的三分之一。

这三个关于人参的新闻是：

第一个是桓仁县举办"2023桓仁山参"品牌（广州）发布会。

第二个是"桓仁山参"入选全国农业品牌精品培育计划。

第三个是2023中国山参产业高质量发展大会在桓仁举行。

可以说，一个县一年工作千头万绪，工业、农业、文化、教育……哪个都至关重要，哪个都不容忽视。年终的时候能在十大新闻中占有一席之地已属不易，然而仅山参一项就占据三条之多，可见桓仁山参产业的发展，已成为桓仁县委县政府工作的重中之重。

人们不会忘记，在二十世纪八十年代，桓仁县曾大面积栽种帘参、砍林子、做参床、建大棚，结果导致山林损毁、土壤板结、环境破坏。而帘参也因为生长期短、品质差，价格一路下滑，造成参农无法挽回的损失，教训惨痛。事实证明，这种杀鸡取卵式的致富方式根本行不通。

到了二十世纪九十年代，桓仁不再发展帘参，他们认识到保护环境的重要性，在杨国孝等林下参种植大户的带动下，各乡镇陆续开始种植林下参。桓仁县及时给予技术帮助，从二十世纪九十年代的一万多亩起步，以每年三四万亩的速度递增。

桓仁县还通过抓林下参种植示范点，以奖代补，后来又相继出台了多项政策鼓励、扶持林下参产业发展，举办林下参种植培训班、给种植户办理贴息贷款、举办野山参文化节等一系列扶持措施，使得桓仁林下参产业迅速发展起来，成为东北知名的林下参产业基地。

现在，桓仁山参保护地面积已达六十五万亩，年产干品十余吨，种植规模、产量及品质均居全国之首。从事山参产业农户近三万户，占全县农户的百分之五十以上，以山参为主要原料的道地药材生产加工企业达三百余户，各类经营主体两千余户，生产各类中成药、中药饮片、保健食品、药食同源产品等三百余个品种，山参产业年产值已达三十亿元以上。辽宁野山参产量占全国产量的百分之七十左右，而桓仁占辽宁省的百分之七十，无论山参产量还是山参产值都位于全国前列，山参产业已成为支撑全县经济增长的"顶梁柱"。桓仁县已成为名副其实的"山参之乡"。

现在，桓仁山参产业已形成集种植、加工、科研、检测、销售、品牌、文化"七位一体"的产业集群，成为中国山参产业发展的引领者。2008年，桓仁山参被国家质检总局批准为国家地理标志保护产品；2012年，桓仁县被中国经济林协会授予"中国山参之乡"称号；2021年，桓仁山参现代农业产业园成功列入"国家现代农业产业园创建名单"，有着"国参经典"的美誉；2023年，桓仁山参成功入选"农业品牌精品培育名单"。

桓仁的资源禀赋优势，吸引了全国相关企业在此投资建厂。目前，全县注册人参企业二百家，同仁堂、鹤年堂、胡庆余堂、天士力等国内知名中药企业落户桓仁，合资、独资加工经销人参产品，分别建设山参种植基地。在强化科研创新方面，桓仁正在整合资源，加速将传统山参产品提升为现代高科技产品，形成药品、保健品、食品、化妆品、礼品等系列山参产品；成立野山参研究院，与辽宁中医药大学、沈阳药科大学等高校合作，重点做好山参的成分、药理和功能研究分析，为企业开发新品提供支撑。

桓仁从一座八卦城一路走来，历经百年，一直是一座贫穷的城，直到2011年，桓仁县人民经过不懈努力，终于摘掉贫困县的帽子，却仍然没有富起来。而现在，这座八卦城，已经成为一座以人参闻名天下的城，这是一个历史性的突破。

我想起毛泽东的《七律·答友人》，其中有一句："我欲因之梦寥廓，芙蓉国里尽朝晖。"我想在这里化用一下，变成"我欲因之梦寥廓，参茸城里尽朝晖"。

参茸城是桓仁的缩影，是桓仁的象征，这里承载着桓仁人民的喜怒哀乐，承载着他们对富裕和理想的追求。

蟠桃花里醉人参

中国古代有很多著名诗人题咏人参。比如唐代有一位叫章孝标的诗人，在《送金可纪归新罗》一诗中写道：

> 登唐科第语唐音，望日初生忆故林。
> 鲛室夜眠阴火冷，蜃楼朝泊晓霞深。
> 风高一叶飞鱼背，潮净三山出海心。
> 想把文章合夷乐，蟠桃花里醉人参。

如果把章孝标诗中的那句"蟠桃花里醉人参"用到此时的杨国孝身上，是非常贴切的。

三十多年的打拼，让杨国孝在桓仁的人参领域占有重要的一席之地。现在，杨国孝在山参谷有六千亩林下参，在摇钱寺附近有三百亩林下参，在小马荡子有二百亩林下参，其他地方还有二三百亩林下参。

时间对杨国孝来说，是非常宝贵的，一年四季，几乎没有闲下来的时候。他说，忙的时候，早晨六点开车上山，晚上就住在山参谷，有时一住就是几个月。

不大忙的时候，他就到各处山上转一转，瞅一瞅。山参谷看起来就是一个沟堂，但真正要走下来也得一天。那里虽然山高林密，也没有路，但他并不觉得累，倒像休闲一样，不紧不慢，走走看看，看看走走。因为这是自己的山，看着就舒服，走着就高兴。他要看一看参苗长得怎么样，有没有生病，有没有被野猪拱。遇到那些看山的窝棚他也要进去瞅一瞅，关心关心看山人的身体，有没有不舒服的，需要带点什么东西，像兄弟一样唠几句家常。这让我不由得想到那首《大王叫我来巡山》的歌来：

太阳对我眨眼睛

鸟儿唱歌给我听

我是一个努力干活儿

还不粘人的小妖精

别问我从哪里来

也别问我到哪里去

我要摘下最美的花儿

献给我的小公举

大王叫我来巡山

我把人间转一转

打起我的鼓

敲起我的锣

生活充满节奏感

大王叫我来巡山

抓个和尚做晚餐

这山涧的水

无比的甜

不美鸳鸯不美仙

多好的一首歌，节奏欢快，诙谐幽默，和杨国孝巡山的情境再贴切不过了。

我不知道杨国孝喜不喜欢唱歌，会不会唱歌，但我还是建议他，不妨学学这首歌，以后如果一个人巡山的时候，就把这首歌大声唱起来。那可真是太阳高照，鸟儿歌唱，涧水甜甜，情趣满满，此刻的杨国孝不是神仙谁是神仙啊！

曲冬生曾跟我说过杨国孝不做电商，也不想在网上销售人参。我问他："现在网上带货很火，你也可以做呀，即便销售不多，但也可以扩大影响。"

杨国孝摇摇头说："现在网上的人参销售，对人参产业的发展影响不是太好。有人拿园参冒充林下参，把价格压得很低，人参卖成了萝卜价。他们在平台上展示的人参和卖给你的人参根本不一样，网上的很好看，不懂的人，就盲目相信。等人参寄到，发觉上当也没办法。他们卖的参其实就是园参，在地里生长个三五年就拿到市场，却口口声声说是林下参。真正的林下参都是十五年以上的。所以说他们对人参市场是一种扰乱，你不妨在手机上搜搜看。"

我试着从手机上搜了一下，果然看到，有一电商把园参堆放在一起，像萝卜堆，正滔滔不绝地夸自己的人参怎么怎么好，而网友的留言几乎没有说好的，真不明白他们为什么还满不在乎，仍然煞有介事，滔滔不绝。

杨国孝对这种现象非常气愤，他说："那些人为了销售自己的园参，不说真话，不讲信誉，混淆概念，扰乱市场，败坏了人参的形象。他们糟蹋的不仅仅是自己，而是整个人参行业。人参销售必须实事求是，明明白白地告诉消费者，不能胡来。"

我拿着手机给他看，说："你看这个电商说得多好，如果不知底细，真的会被他打动。"

杨国孝说："很多人不懂人参，就看个头大小和价格。其实个头大、价格便宜的基本上都是园参，这种参产量大，是林下参的几十倍、几百倍。咱们可以算一下成本，园参生长仅仅三五年，而林下参生长一般都在十五年以上，这十五年中参农只有投入没有收入，你算算成本，价格怎么能便宜呢？不符合实际啊！"

我问杨国孝："除了以假乱真，人参市场还存在什么问题？你有什么看法？"

杨国孝说："要说看法嘛，短期来看，人参市场行情看好，参农还是可以从中获取利益的。但是从长远发展来看，我国的人参产业却存在一定问题。"

杨国孝说："从目前来看，桓仁的林下参在市场上还是有很大的竞争力的，因为桓仁的山林资源非常好，有很大的优势。人参数量、质量，也都是上品。但是遗憾的是，这么好的资源优势还没有真正转化为产业优势和市场优势。日本和韩国从中国进口一些粗加工的原料，然后进行一番精加工之后，便占据了全球大部分人参市场。韩国的高丽参已经成为一个文化品牌了，他们把人参做成了一种产业文化，品牌响、品质好、包装精细，特别是韩国最著名的正官庄，年产值超过二十亿美元，一直把持着世界高端市场。而我们的人参产品，牌子众多，良莠不齐，没有竞争力，只能在低端市场徘徊。所以，我们要走的路还很长，要做的事情还很多。我们不能仅仅满足于现在参农卖了多少参，赚了多少钱，小富即安；要有危机感，要有竞争精神，把桓仁的人参市场做大。现在，不论是人参协会还是种植合作社，都有个共识，就是共同打造桓仁林下参这一品牌，大伙儿组成集团军，共闯市场。"

我说："做成品牌应该算是你对桓仁人参事业的愿望。此外，你自己还有什么愿望呢？"

杨国孝说："要说愿望嘛，我还有三个愿望。第一个就是在我的山参谷里面开发旅游项目，这个项目很有发展前景。只是我现在已经六十岁了，有没有精力把这事儿张罗起来，身体允许不允许，这都是个问题。因为这毕竟是在开发一个新项目，有一定难度。在山参谷搞旅游，就得有吃的住的地方，就要盖房子。可是按照国家规定，山参谷是林区，是不允许盖房子的。如果不盖房子，人来了，没有住的地方，旅游肯定发展不起来，这是个矛盾。看看以后在政府的帮助下，能不能把这个问题解决了。如果解决了，这对发展本溪和桓仁的旅游也是一个促进，对林下参的发展和销售也会有很大的帮助。

"第二个愿望，就是想在杭州西湖边上开一个会所，或者租房子或者买下一栋房子，都行，为桓仁的人参销售，铺一条路子。让桓仁的人参大户来到杭州，有个住的地方，有一个聚会的地方，有一个做生意的地方，有个维权的地方。过去各地的商人为经商方便，都在一些主要城市建设会馆，就像办事处一样，非常方便。这样的话，我们的产品就可以直接和客户见面，把我们的产品展示出去，宣传出去。我们这里虽然产人参，但南方的人参文化比我们这里要丰富得多，内涵要厚重得多。所以我们的人参销售基本上都是在杭州、广东、上海一带，那边很讲究养生，当然这也和他们那边的经济发展有很大的关系。有的富商一买就是几万、十几万、几十万，送朋友啊，开会啊，自己吃啊，他们很认桓仁的人参。"

我问他："那你的第三个愿望是什么呢？"

杨国孝叹口气说："这第三个愿望也是我最大的心病，就是祭山非遗传承的事。到我这辈儿，已经传了五代，还能不能继续传下去呢？我就一个儿子，在北京工作，他能回来吗？"

听了丈夫的话，曲冬梅也插话说："有时我和国孝一起闲聊的时候，我就问过国孝，你看儿子儿媳都在北京，将来他们会回来吗？国孝很看重非遗传承这个事。"

杨国孝说："是啊，我祖上没有给我留下什么，只留下了这个祭山仪式，这是我们家族最大的财富，我不能让它失传。都传五代了，如果失传，那就对不起祖宗。"

曲冬梅说："儿子大学毕业之后就留在了北京，儿媳也在北京工作，儿子搞计算机编程，收入挺高。儿媳在抖音公司做管理，收入也不低。两口子一年收入百八十万，也算是高收入了，搁谁能舍得说辞就辞。儿媳生了双胞胎，都是男孩，我在北京帮着带了整整三年。儿媳娘家也是桓仁的，她母亲是小学教师，现在退休了，她过去帮着带，我就回来了。国孝一个人也忙不过来，这么大个产业，没人帮着也不行。可是我们的年纪也一年一年大了，总有干不动的那一天，谁来接？"

杨国孝说："祭山这个非遗项目，虽然是我们老杨家的，但也是桓仁的。桓仁县的领导很重视，省里的领导也到山参谷来视察过，对祭山这个非遗项目很感兴趣，不能说没就没了，总得有人接下去。等儿子年纪稍大一点，他们的想法也许会改变。"

曲冬梅说："我也曾和儿子透过，现在的年轻人，只要在外面发展得不错的，就没有愿意回农村的。我们做老人的，之所以拼尽全力供孩子读书，就是希望他们有出息，走出大山。现在人家事业有成了，我们又让人家回来了，我们也矛盾。"

我说："你们说得对，这事搁谁都得纠结。不过，这事不要着急，一个是国孝现在还年轻，身体还不错，再干个十年八年没问题。这个阶段就把基础好好打着，十年之后，孩子年龄渐渐也大了，想法也会不一样。人到中年以后，对事业也会有新的思考和规划，回归田园也是这一代年轻人的愿望。到那时，他们可以把自己的专业和人参兼顾起来。别愁，车到山前必有路，年轻人有办法，既不丢掉专业，又继承家族产业，岂不两全其美。"

杨国孝说："年轻人的想法咱也摸不透，先顺其自然，到我干不动的那天，必须交给他，这个非遗项目不能丢。不然，对不起祖宗，也对不起县里领导，人家为了申报这个非遗项目费了多大功夫，不能让它丢了。"

我说："岂止是非遗项目，将来把桓仁人参做成世界品牌，也得靠你儿子他们那一代呢！"

杨国孝笑了，说："我有信心，儿子做不成，我还有两个孙子呢！"

尾
声

梦在远山

现在，杨国孝手里的人参参龄最长的已有三十多年了。

杨国孝在大山里摸爬滚打，朝出暮归，斗转星移，一晃就过去了大半辈子。

如果以时代为坐标的话，这世上的人，可以分成这样几种类型：一种是走在时代前面的人，他们有着超前的意识，不安于现状，善于抓住机会，不怕失败，逆水行舟，勇毅前行，这种人是时代的弄潮儿；第二种是随大溜的人，被时代大潮所裹挟，虽无远见，但肯应变，能登上末班车，分得一杯羹，这种人是时代的幸运儿；第三种就是既无远见，又固执己见，患得患失，畏首畏尾，那就只能成为时代的弃儿了。

可以说，杨家人算得上是第一种人了，在种植人参这个领域，他们始终能够把握先机，比其他人早一步，略胜一筹。在闯关东大潮尚未来临之际，杨家先祖便挈妇将雏，奔向遥远的关东；当众多的闯关东者敞开怀抱奔向肥沃的黑土地时，杨家的先祖又选择了大山，获得第一桶金；当浑江航运兴盛之际，杨家的先辈勇于下浑江、走丹东、去营口，积累了财富；到了杨国孝这一代，他更是果敢决绝，宁可放弃稳定工作，宁可不当厂长，也要下海经商，几经挫折，终创大业。

杨国孝是一个有情怀的人，在摇钱树村做供销社售货员的时候，目睹了村民的穷困，目睹过一个大男人为几角钱急得团团转，甚至掉眼泪的情景，他就立志将来有能力一定要帮助他们，将他们从贫穷的窘境中解脱出来。所以，从他把自己的人参苗栽在摇钱树大山里的那刻起，他就开始兑现自己的诺言。而现在，当年最贫困的摇钱树村，已然成了桓仁县最富裕的村，那里的村民，已然成了最扬眉吐气的村民，大山的馈赠让他们挺直腰板，他们的笑声开始在山谷里回荡。

　　而杨国孝并没有认为自己多做了什么。

　　杨国孝说："一个人的能力是有限的，一个人的力量也不是无穷的。你有天大的本事，没有社会的环境，你也不行。人参就是这样，为什么有的人参长得很大，长得年头很久，这不是它自身决定的，是外部环境起到的作用。没有一个适合它生长的外部环境，种子再好，也得窝在那里。"

　　说着，他拿出一根人参，说："王老师，你看，人参的脖子长，说明它生长的年头久。而脖子的长短它自己说了不算，是由外部环境决定的。环境适宜，它的脖子会长到二寸多，甚至半尺长，上面覆盖物越多，它长得就越好。如果没有覆盖物，它就会往回缩，留下了肩头纹。我今天之所以能把事业做得这么大，这不是我有多大本事，完全是国家政策好，是镇里、村里帮助的结果。人要懂得感恩，要懂得回报。所以，不能光顾自己赚钱，自己富裕了，你在这个村里，都是乡里乡亲的，就要帮帮他们。这也是我们祭山神老把头的宗旨。"

　　我问他："你为什么给自己的公司起名叫'远山'呢？"

　　杨国孝说："在成立公司的时候，就想起个什么好听的名字。想来想去，没有合适的。后来突然想到自己的先祖之所以不远千里闯关东，不就是为了来寻找幸福吗？他们被桓仁的大山所吸引，他们听到了大山的呼唤，于是便率领自己的子孙，勇敢地投身到大山之中，用勇敢和智慧，用善良和真诚，接受大山的馈赠。"

我感慨地说："这个名字挺好的，很有深意。"

一个家族的传承，不仅仅是技艺的传承，更是精神的传承。历经百年，演绎五代的家族良性场域中，既有精神的归宿，也有行为的约束。

那天在桓仁非遗馆中，我看到展馆《结束语》中有这样一段话：

> 没有记忆的民族是没有前途、没有希望的民族；没有记忆的城市也无法拥有美好的未来。桓仁是世界文化遗产地，也是辽东历史文化名城，人文荟萃、风物清嘉，历史源远流长。这一个个矗立在追求真善美的文明之路上的里程碑，是鼓舞我们不断前行的力量源泉，是开启现代文明社会智慧之门的金钥匙。
>
> ……

我觉得这句话说得很好，便摘录下来，献给读者，也献给杨国孝。

2023 年 11 月—2024 年 4 月第一稿

2024 年 4 月—2024 年 5 月第二稿

后记

用了半年多的时间，我终于完成了这部书稿。

记得二十年前，老友姜峰就曾对我说过，你们作家最好能写写桓仁，那里的山水，那里的人文，那里的历史，很值得一写。

此话虽不经意，却萦绕在我心头。

杨国孝说，人和人参之间的关系讲究一个"缘"字。文学也是这样，写什么，什么时候写，也离不开一个"缘"字。

我和杨国孝素不相识，却一见如故；我和人参毫无丝连，却为人参写了一本书。

我出生在乡镇，自诩对农村了如指掌；我下乡三年，对农民的所愿也是略知一二。但是，此次桓仁之行，却让我大开眼界，猛然发现自己对当下农村农民的生活、思想竟然知之甚少。那里的变化让我既惊又喜，尤其是摇钱树村村民的富裕程度，让我难以置信，又感慨良多，极大地冲击了我对农村农民的惯性想象。

可以说，摇钱树村以及二棚甸子的变化，深刻体现着乡土中国的现代转型。以杨国孝为代表的摇钱树村的农民，从单纯的种地到林下参种植，不仅仅是种植产品的转变，更是生产结构的转变，是生活方式的转变。从土地到山林，从毁林到护林，从打工仔到参场主，从穷小子到百万富翁，农民身份的转变也带来了农村社会结构的深刻变革。乡土世界的直观样貌和内部逻辑，都发生了巨大的改变。

杨国孝是林下参种植大户，更是祭山非遗传承人，在他的身上，承载着中华文明生生不息的基因密码，彰显着中华民族的思想智慧和精神追求。他们是新时代的新式农民，在他们身上，渐渐脱去了农耕时代的农民痕迹，再也不是春种夏耘秋收冬藏，而是以全新的姿态，投身于商品经济的滚滚洪流之中，他们是新时代的农民，更是时代的弄潮儿。

我幸运地与一个变革中的人、变革中的村庄、变革中的乡镇相遇。相遇就要相知，相知就要真实地反映描摹，并深入地挖掘，找到他们变革的历史必然和他们对幸福的追求，描摹和捋清新一代参农的谱系，在探寻他们是怎样一步步从历史走来的同时，透过一个人看一个村庄，透过一个村庄看一个乡镇，透过一个乡镇看一个县城，透过一个县城展望他们的未来，并努力写出他们的精神追求，以及这种精神追求在当下时代中的价值。

探究杨国孝身上的精神脉络，我们能看到从祖辈传承下来的"老把头"精神，也能看到中华民族最淳朴也是最古老的互助精神在新时代的折射和最好的诠释。所以，杨国孝不仅仅是祭山非物质文化遗产的传承人，更是中华民族优秀传统文化的精神传承人。

在采访中，我发现桓仁的那些参农，每一个人的身上都有感人的故事，每一个家庭都是一部大书，而我笔下的杨国孝不过是其中之一。透过这个之一，我们便可以看到一个群体，透过一个群体，我们可以看到一个时代，看到了中国农民对土地的热爱、坚守和回归。

对杨国孝的采访结束了，但我还会继续关注摇钱树村的发展和变化，关注那里村民的生存状态，关注那里的时代变迁。因为那里虽不是我的故乡，却有着我魂牵梦绕的乡愁……

感谢桓仁，感谢二棚甸子镇、四平村以及摇钱树村的朋友们在采访中给予我的支持。

2024 年 5 月 12 日